KB212762

밤 인사

함
정
임

소
설

밤 인사

열림원

| 일러두기 | 인명, 지명 등 외국어의 우리말 표기는 국립국어원 외래어 표기법에 따르되, 통용되는 일부 표기는 허용했습니다.

세상의 모든 밤을 향해, 잘 자요

1

간절곶

　포르부에 가야겠다고 생각한 것은 간절곶으로 달려가던 새벽, 윤중의 차 안에서였다. 등대를 보러 가던 길이었다. 딱히 등대를 향해 간 것은 아니었다. 그를 안 지 2년 만에 처음 단둘이 어딘가로 떠났고, 그곳이 간절곶이었고, 등대였다.

　간절곶은 울주에 있었다.

　밤 9시부터 이어진 묵독 모임 '파라-n'을 마무리하면서 내가, "이대로, 어디든!", 작게 중얼거렸고, 옆에 앉아 있던 그가, 3초 정도 생각하더니, "그럼 갑시다.", 하고는 내 손목을 부여잡고 자리에서 일어났다. 그러고는 밖으로 나를 데리고 나왔다.

순식간에 일어난 일이었다.

그의 손힘이 뼈가 박힌 듯 옹골졌다. 어디로 가느냐고
묻기도 전에 그는 차에 시동을 걸면서, "간절곶으로 갑시
다!", 하고 말했다. 경상도 억양이 배어 있어선지 그의 목
소리가 다소 무뚝뚝하게 들렸다.

연남동 카페 라뉘에서 열두 명이 모여 밤 9시부터 다섯
시간 동안 보들레르의 『파리의 우울』을 묵독한 뒤였다. 왜
간절곶인지, 보들레르와 간절곶, 둘 사이에 어떤 연관이
있는지 따위를 그에게 되묻는 것은 부질없게 되어 버렸다.
몇 시간 뒤 날이 밝을 것임을, 그리고 오후와 저녁에 약속
이 잡혀 있음을 환기하기도 전에 차는 주차장을 빠져나와
강변로로 진입했다.

새벽 2시였다.

〰

스마트폰을 버려요.

네?

열두 시간만 버려요.

그러면요?

조약돌을 가지고 돌아오게 해 줄게요.

조약돌!

열두 시간의 조약돌!

〰〰

우리는 스마트폰을 차단한 채 간절곶으로 향했다.

누구도 한동안 아무 말 하지 않았다.

음악을 틀 생각도 하지 않았다.

시간은 어둠과 동일해졌고, 숨소리, 엔진 소리, 바퀴 소리와도 하나가 되었다.

그 외, 적막했다.

〰〰

새벽 고속도로를 달리는 차들이 쏟아 내는 불빛이 은하수의 행렬 같았다. 윤중이 뜬금없이 등대 이야기를 꺼냈다. 등대의 기원인 이집트의 파로스 등대부터 시작해서,

모래 속으로 점점 가라앉고 있는 덴마크의 사막 등대, 호텔로 변신한 스코틀랜드의 코스월 등대, 이탈리아의 카포 스페르펜토 등대, 크로아티아의 포레 등대, 호주의 바이런 배이 등대까지 이어졌다.

윤중은 등대에 관해 해양 지리적인 위치와 용도, 건축적인 측면에서 수집적인 취향을 가지고 있었다. 그의 등대 이야기를 들으면서 자연스럽게 묵독 대상이었던 보들레르의 「항구」, 「등대」 같은 시들을 연상했다. 그는 렘브란트, 고야, 미켈란젤로, 들라크루아 같은 위대한 화가들의 이름을 호명하며, 예술의 바다에서 길잡이 노릇을 해 주는 등대 같은 존재들로 그들을 가리켰다. 얼마 전 SNS에 올리면서 뇌리에 각인되어 있던 보들레르의 「등대」 몇 구절이 떠올랐다.

〰〰〰

수천의 파수병들이 되풀이 전하는 하나의 고함
수천의 송화관으로 전달되는 하나의 명령
수천의 보루 위에 켜진 하나의 등대

내가 보들레르의 등대를 생각하고 있는 사이, 그가 조아킴 롱생을 아느냐고 물었다. 생경한 이름이었다. 그는 2015년 1월 7일 오전 풍자만화잡지 《샤를리 엡도》 사무실에서 테러가 발생해 전 세계가 충격의 도가니에 빠졌을 때, 자신의 SNS에 "내가 샤를리다."를 처음으로 올린 장본인이라고 말했다. "내가 샤를리다.", 또는 "나는 샤를리다."라는 말은 나도 이런저런 경우에 그대로, 또는 패러디해서 썼을 정도로 잘 알았다. 그러나 조아킴 롱생을 기억하고 있지는 않았다. "내가 샤를리다."와 "나는 샤를리다."는 프랑스어로 같은데도 미묘한 차이가 있었다. 나는 "내가 샤를리다."를 윤중의 요구에 따라 프랑스어로 반복했다.

"Je suis Charlie!"

"바로 그거죠, 오직 세 단어, 한 문장!"

조아킴 롱생이 400명 정도의 팔로워들을 향해 쓴 이 한 문장은 테러 소식이 전해진 것과 거의 동시에 전 세계로 퍼져 나가 공유되었고, 꺼지지 않는 횃불처럼 계속되었다.

그 순간 이후 롱생은 "'내가 샤를리다.'의 아티스트"로 통한다. 그는 뉴스가 새로운 소식을 전달하는 창구에 그치지 않고 등대와 같은 길잡이 역할을 부여한 첫 번째 뉴스 아트디렉터로 기록되었다. 같은 업종 종사자로서 직업의식이 발동한 윤중의 설명이었다. 세상에서 일어나는 크고 작은 사건들을 대상으로 최단시간 안에 내용을 수집하고 분석한 뒤, 이미지 위에 촌철살인의 몇 마디 단어, 또는 문장을 얹어 제시해야 하는 것이 그가 몸담고 있는 뉴스 아트의 세계였다.

하이쿠네요!

내가 말했다. 그의 말을 듣고 종합해서 떠오른 생각이었다. 9월의 묵독서였던 롤랑 바르트의 『소설의 준비』를 읽은 뒤, 회원들 간에는 한동안 하이쿠가 공유되었다. 하이쿠, 공간 통풍 여백! 하이쿠, 순간 진리 형식 결합! 하이쿠, 순수 메모 순간 메모!

윤중이 맞장구쳤다.

뉴스계의 하이쿠죠!

조아킴 롱생에 대한 대화 끝에 나는 곧, 그 파리에 간다, 고 윤중에게 말했다. 그는 이번에도 3초 정도 입을 꾹 다물고 있다가, 포트부는 파리에서 멀죠?, 라고 물었다. 포트부? 그의 물음은 내가 당연히 알 것이라는 뉘앙스를 풍겼으나, 나는 곧바로 기억나지 않았다.

포트부, 포트부.

그가 내 기억에 주문을 걸듯 연거푸 되뇌었고, 나도 따라 음송하듯 중얼거리다가 머릿속에 전등이 켜지듯 이름이 생각났다. 아, 포르부!

그는 거보란 듯이 고개를 끄덕이며 연달아 발음했다.

포르부, 포르부.

귓전에 닿는 어감이 가을날 나뭇잎이 살랑거리는 듯했다.

〰〰

포르부는 스페인 동쪽 국경 끝에 있는 포구였다.

새의 주둥이처럼 지중해로 툭 튀어나온 곳 아래 위치했

다. 피레네 산맥 동쪽 국경, 작아서 지도에도 나와 있지 않았다. 그는 꽤 오랫동안 그곳 지형을 탐사한 사람처럼 상세하게 묘사했다. 간절곶에 다다라 차에서 내리기 전에 그는 암호문의 힌트를 던지듯 한마디 덧붙였다.

발터 벤야민.

발터 벤야민?

발터 벤야민.

우리는 마치 후렴구를 주고받듯 벤야민의 이름을 불렀다. 비즈니스맨이나 다름없는 뉴스 매체 종사자인 윤중의 입에서 독일인 문예비평가 이름이 불리는 것이 의외였다. 그에게 가졌던 선입견이 편견으로 불쑥 튀어나오곤 했다. 그가 몇 년 째 파라-n의 일원으로 묵독한 인문학 책들만 해도 수십 권이었다. 그러나 그렇다고 하더라도 나의 파리 행에 포르부를 연결시키는 것은 단순한 연상을 넘어서는 무엇인가가 자리 잡고 있었다.

〰〰〰

벤야민의 『아케이드 프로젝트』에 대해 서평을 쓴 적이

있었다. 윤중이 그 글을 읽었거나, 아니면 자료를 찾다가 눈에 띄어 뒤늦게 읽었을 수도 있었다. 아니면, 아주 오래 전부터 벤야민에게 관심을 가지고 있어서 그에 관한 자료를 수집해 왔거나.

윤중의 전공은 미디어 쪽이었다. 다국적 온라인 뉴스 미디어 《더 모먼트》에 입사하기 전에 그는 스티브 잡스가 청강생으로 다녔다고 알려진 미 서부 포틀랜드에 있는 리즈 칼리지에서 공부했다. 고대뿐아니라 현대의 고전 중심 커리큘럼으로 4년간 수학하는 리버럴아츠 칼리지였다.

벤야민을 만나고 난 뒤, 한 사람이 사라지는 방식에 대해 생각하고 있죠.

2년이라는 시간을 헤아려 보면 서로 웬만큼 알 수도 있었다. 그러나 나에게 그는 파라-n에서 만나 안면을 익히고, 인상과 어투에서 감지되는 태도를 파악한 정도에 머물러 있었다. 그리고 그것은 그에게만 국한된 것이 아닌, 내가 새로 만나 함께하는 주변 사람들에게 취하는 일관된 태도였다.

등대 앞에 펼쳐진 바다는 거대한 고래가 숨 쉬고 있는 듯 검붉게 일렁이고 있었다. 해가 손톱만 하게 머리를 내밀더니 엄청난 빛을 거느리며 바다로부터 쑥 빠져나왔다. 자갈돌이 깔린 해변으로 내려가 해가 떠오르는 광경을 나란히 지켜보았다. 금테를 두른 빨간 장밋빛 햇살 속에서 밤새 묵독했던 보들레르의 「벌써!」의 첫 구절이 눈앞에 펼쳐지고 있는 듯했다.

　벌써 백 번이나 태양은 테두리가 보일 듯 말 듯한 이 바다의 광대무변한 수조에서, 찬란하게 혹은 쓸쓸하게, 솟아올랐다.

12월의 묵독 대상으로 보들레르를 제안한 것은 나였다. 매달 한 명씩 그 달에 묵독할 책을 추천하면서 1년을 보내온 터였다. 11월은 윤중의 추천으로 장 보드리야르의 『사라짐에 관하여』를 다섯 시간 동안 묵독했다. 근래에는 유난히 프랑스 쪽 책들이 몰려 있었다. 그동안 내가 추천한

책들 역시 전공에서 비롯된 프랑스 문학, 보들레르의 『파리의 우울』 외에 프루스트와 발자크의 소설들이었다. 파라-n에는 1인 출판사를 운영하는 강혜나 선배의 권유로 참여하게 되었다. 그녀는 홍대 앞과 파주출판단지에 있는 굵직굵직한 출판사를 전전하다가 지리산 자락의 구례로 내려가, 그녀 말에 의하면, 깃발을 꽂듯, 새로운 출판의 영토를 개척하고 있었다.

해를 등지고 등대 쪽으로 돌아서면서 윤중에게 묵독했던 보들레르의 산문시들 중 기억나는 대로 음송해 보라고 했다. 일출을 목도한 여파인지 그도 「벌써!」의 일부를 꼽았다.

나만 홀로 슬펐다. 상상할 수도 없이 슬펐다. 나는 이렇듯 기괴하게도 유혹적인 이 바다에서, 쓰라린 슬픔이 없이는 떠날 수 없었다. 무수무시한 단순성 속에서도 이렇듯 무한하게 변화하는, 살았던, 살고 있는, 살게 될 모든 영혼의 기분…

"모든 영혼의 기분"이 번지듯 해안가 갈대들이 서걱거

렸다. 갈대 저편 해안으로 이어지는 완만한 경사지에 하얀 등대가 보였다. 등대 옆으로 송림이 늘어서 있었다.

~~~

차가 출발점으로 돌아온 것은 오후 2시경이었다. 차 안에서 작별 인사를 했다. 내리려는데, 그가 잠깐만 그대로 있으라고 하더니, 내가 앉은 조수석 쪽으로 몸을 기울여 글로브 박스를 열었다. 내가 농담 투로, 열두 시간의 조약돌인가요?, 하고 물었고, 그는 그보다 더 길죠, 하고 응답했다. 그리고 덧붙였다.

"덧없구요!"

그가 꺼낸 것은 발터 벤야민의 『모스크바 일기』였다.

무슨 뜻인지, 책을 받아 든 채 그의 다음 말을 기다렸다. 그러자 그가 멋쩍게 웃으며 기내에서 무료하면 읽어보라고 말했다. 그와는 무엇인가를 주고받아 본 적이 없기에, 그의 행위가 돌발적으로 느껴졌다. 나는 싱겁게 미소를 지으며 벤야민의 일기를 받았다. 잠깐 펼쳐 보려는데, 책 속에서 종이 하나가 툭 떨어졌다. 삼단으로 접은 빛바

랜 서평이었다.

∾

나는 다른 사람의 글인 양 내 서평을 빠르게 읽어 내려갔다. 한 문장 한 단락 책상에 앉아 써 내려가던 순간의 공기와 마음 상태가 선명히 떠오르면서도 세월이 가져온 감정과 태도의 변화가 오롯이 잡혔다. 낯설었다. 서평을 쓰게 된 계기는 이러했다. 강혜나 선배의 동업자였던 조준의 번역으로 벤야민의 『아케이드 프로젝트』가 천 쪽이 넘는 볼륨으로 출간되었다가, 6권으로 나누어 재출간되었는데, 이를 한자리에 모아 홍보하기 위해 출간 10주년을 기념하여 '벤야민 신문'이 제작되었다. 윤중이 보관하고 있던 이 글은 거기에 실렸던 것이었다. 조준은 강지섭의 과 후배였다. 강지섭은 사라졌지만, 그로부터 맺어진 인연들은 끊어질 듯 끊어지지 않고 질기게 이어졌다.

다시 읽어 보니, 글의 흐름이 과잉된 면이 없지 않았다. 벤야민 같은 작자를 신주단지처럼 끼고 살던 조준의 도취와 흥분이 나에게 전이되어 사명감 같은 것이 발동했고,

21

제대로 알고 쓸 만한 내공을 습득하지는 못했어도 상업적인 경쟁과 위협 속에서도 미련스러울 만큼 고수하고 있는 편집자의 우직한 신념을 확성기 효과로 전달하고 싶은 마음이 컸다. 그래도 세상은 눈 하나 꿈쩍하지 않을 것이라는 전제를 깔고 있었다. 그런 글일수록, 돌이켜 읽어 보면, 낯 뜨거운 과잉의 감정이 배어 있게 마련이었다. 서평을 다시 접어 원래대로 꽂으며 펼쳐진 페이지를 일별했다. 12월 16일이라는 제목의 모스크바 일기가 적혀 있었다. 두 문장이 시선을 끌었다.

그녀가 방에 들어왔을 때 그녀에게 키스하려 했다. 늘 그랬듯이 실패했다.

내가 눈으로 두 문장 속의 정황, 키스의 욕망을 실현하지 못한 벤야민의 소심함을 헤아리고 있는 사이 윤중의 몸이 미세하게 떨리고 있는 것이 느껴졌다. 아닐 수도 있었다. 그러나 간절곶에 도착해서 시동을 끄고 잠시 침묵 속에 앉아 있을 때에도 같은 느낌을 받았었다. 장거리를, 그것도 어둠 속을 쉼 없이 함께 달려왔다는 연대감, 아니 피로감 때문이었을까. 아니면, 떨고 있는 것은 나였는지도 몰랐다. 나는 그를 향해 고개를 돌리지 않은 채, 마음을 접듯 가볍게 책을 덮고, 차 문을 열었다. 문이 닫히려는 찰나, 그가 짧게 덧붙였다.

돌아와서, 포르부 이야기 해 줘요.

나는 긍정도 부정도 하지 않은 채, 얼굴을 숙이고 차 안의 그에게 미소를 지어 보였다. 차 문을 닫고 인도로 올라서자, 싸락눈 입자들이 뺨을 스치고 떨어졌다.

차가 출발하려는 찰나 이번에는 내가 멈춰 세웠다. 그가 유리문을 내렸다.

그런데, 간절곶에는 왜 간 거죠?

그는 역시 3초간 입을 다물고 있다가 어깨를 으쓱하며 입을 열었다. 대답인 즉, 열두 시간 안에 다녀올 수 있는 곳으로 그에게는 간절곶밖에 떠오르지 않았기 때문이었다. 그도 나도 열두 시간의 조약돌에 대해서는 더 이상 아무 말도 덧붙이지 않았다.

파리

비행기가 샤를 드골 공항에 착륙한다는 안내 방송이 나오자 읽고 있던 『모스크바 일기』를 덮었다. 기내 창으로 밖을 내다보았다. 비행기가 호선형을 그리며 고도_{高度}를 낮추었다. 어슴푸레한 저녁 어둠 속에 불빛들이 반짝이고 있었다.

⌇⌇⌇

간단히 입국 수속을 마치고 짐을 찾아 출구로 나왔다. 두 명씩 배치된 무장 경찰들 사이로 장이 보였다. 그는 카키색 코트 차림으로 출국장을 뚫어지게 바라보고 있었다.

2년 만이었다.

여름과 겨울의 계절 차이인지, 장은 2년 전 여름 헤어질 때와는 사뭇 다른 인상이었다. 2년이란 시간이 나에게 가져온 변화를 생각하면 그것은 아무것도 아니었다. 나는 고건축에 관심이 생겼고, 가끔 향수를 수집했고, SNS에 참여하기 시작했다.

그리고 작가가 되었다.

∿

내가 작가가 된 것은, 아무리 그 순간을 돌이켜 보아도, 믿어지지 않는 일이었다. 2년 전 처음 니스행 열차에서 그를 만나 열흘 간 호텔 여행을 감행한 이야기를 골자로 「어떤 여름」이라는 단편 소설을 썼다. 그것이 문예지 신인 공모에 당선되었다.

그 후, 내 삶은 「어떤 여름」 이전과 이후로 나뉘었다. 「어떤 여름」이 강지섭의 자리를 대체한 것이었다. 작가와 애인 관계일 때, 그리고 약혼 상태일 때에는 나 자신이 작가가 되리라고는 꿈에도 생각하지 않았다. 그러니까, 내가 소설을 쓰게 된 것은 순전히 강지섭이 남긴 빨간 수첩에서 비롯된 우연의 소산이었다. 늦바람이 무섭다고, 작가가 된 후 1년 반 동안, 폭풍에 휩쓸리듯 소설 쓰기에 빠졌다.

다섯 번째 단편 소설을 탈고하던 어느 새벽, 장 메이에 라는 이름의 이메일이 도착했다. 다음 날 문예지 에디터에게 원고를 보낸 뒤, 그에게 답장을 썼다. 작가가 되었다는 것을 써야 할지 말아야 할지 망설이다가 말미에 추신으로 알렸다.

기다리고 있었다는 듯이 그로부터 바로 답장이 왔다. 그는, "어찌된 우연인지, 나는 작가가 되었다."라는 내 글귀에서 '우연'을 '운명'으로 정정했다. 그리고 「어떤 여름」의 후속편 「어떤 겨울」을 써 보면 어떻겠느냐고 제안했다. 2년 전에는 파리에서 니스, 니스에서 렝스까지 열흘 동안 강지섭의 빨간 수첩에 적힌 호텔 리스트를 따라갔다면, 이번에는 순전히 자기에게 맡기라는 것이었다. 아니면 제3의 인물을 따라가 보는 방법도 있다고 했다.

제3의 인물이라.

2년 전 여름에는 빨간 수첩의 임자였던 작가 강지섭과 그가 끼고 살던 스탕달의 『적과 흑』이 함께했다. 처음에는 그도 나도 가벼운 농담으로 시작했는데, 세상일이란 대개 가벼운 농담에서 출발한다는 것을 이후 3개월 간 이어진 그와의 서신이 확인시켜 주었다. 그의 제안이 없었다면, 나는 파리행 비행기에 오르지 않았을 것이었다.

〰

장은 나를 발견하자마자 손을 번쩍 들어 올리더니 활짝 웃으며 걸어왔다. 나는 다가오는 그의 얼굴을 알아보고는 고개를 오른쪽으로 살짝 돌렸다.

무장한 경찰 둘이 천천히 사방을 경계하며 걸어갔다.

머뭇거리는 내 시선에 아랑곳하지 않고 장은 내 얼굴의 눈 코 입 실물을 하나하나 확인하듯 눈동자에 힘을 주어 바라보았다. 그러고는 마치 늘 그래 왔다는 듯이 자연스럽게 두 팔로 나를 포옹했다. 그에게 기분 좋은 건초 향이 났다.

나는 그가 포옹을 풀 때까지 그대로 잠시 있었다.

그와의 첫 스킨십이었다.

도로 상태가 원활해 예상보다 빨리 시내로 진입했다.

장은 저녁 식사를 위해 단골 식당에 예약을 해 놓은 상태였다. 식당은 팡테옹 언덕 골목에 있다고 했다. 바스티유 광장을 지나 센 강으로 진입하기 직전, 내가 광장의 혁명 기념탑을 돌아보며 인근에 공화국 광장이 있지 않느냐고 그에게 물었다. 그는 방금 지나오기는 했는데, 내가 가보고 싶다면 그렇게 하겠다고, 다만 차에서 내릴 시간은 없고, 한 바퀴 돌아볼 수는 있다고 했다. 그러고는 내 대답을 들을 새도 없이 좌회전 신호에 따라 핸들을 돌렸다.

차는 쭉 뻗은 대로와 허름한 골목들을 지나, 광장에 이르렀다. 그는 포석이 깔린 광장을 보라는 듯이 두 바퀴 세 바퀴 천천히 돌았다. 공화국을 상징하는 여인상 아래에는 더 이상 촛불들이 어둠을 밝히며 타오르고 있지 않았다. 공교롭게도 오늘은 풍자만화잡지 《샤를리 엡도》 테러 사건이 발생한 날이었다. TV 뉴스에서 지켜보던 현장이 눈앞에 펼쳐져 있었다. 광장을 빼곡하게 수놓았던 촛불들, 사이사이 꽂혔던 꽃과 메모, 첩첩이 에워싸고 있던 국기와

푯대들은 보이지 않았다. 다섯 갈래로 뻗어 나가는 오거리 광장 입구에 사람들이 둘씩 셋씩 모였다가 흩어지고 다시 흘러들어 오고 있을 뿐이었다.

~~~

끝날 것 같지 않는 통로를 빠져나오면서 꿈에서 깼다. 뒤돌아보기 두려운 칠흑 같은 어둠이었다. 꿈에 그를 본 것 같았다. 그라는 느낌일 뿐 그가 누구인지 알 수 없었다. 쫓기거나 위협받은 기억은 없었다. 그런데 온몸의 힘이 쑥 빠졌다. 제압할 수 없는 어떤 강한 힘에 맞서 벗어나려고 밤새 안간힘 쓴 것 같았다. 다시 눈을 감았다. 그것이 무엇 인지, 빠져나온 통로를 찾고 싶었다. 눈꺼풀 사이로 빛이 새어 들고, 날이 밝았다. 통로는 오롯이 빛이 되었고, 그는 온데간데없이 사라졌다. 침대에서 몸을 일으켰다. 그의 얼 굴이 선명해지면서 언뜻 지섭이 보였다가 윤중의 윤곽으 로 뚜렷해졌다.

〰

몽파르나스 묘지로 가는 지하철 안에서 카톡 메시지가 도착했다. 윤중이었다. 안부 인사 없이 뉴스 하나가 첨부되어 있었다. 허핑턴프랑스의 로랑 프로보가 작성한 2015년 1월 9일자 인터뷰 '"내가 샤를리다."의 창시자, 조아킴 롱생, 1년 후'였다. 어젯밤 잠들기 전 그에게 공화국 광장 사진 한 컷을 전송했는데, 그에 대한 응답이었다.

간절곶으로 달려가던 새벽의 대화가 떠올랐다. 불과 열흘 전이었는데, 그 사이 해가 바뀌어서인지 먼 과거처럼 아득하게 느껴졌다.

기사를 클릭했다.

조아킴 롱생의 얼굴이 새로운 메시아의 초상처럼 전면에 올라와 있었다.

"세 단어, 이미지 하나."

하나의 현상이 되어 버린 "내가 샤를리다."를 쓰기까지, 그리고 이후 롱생이 겪은 1년 동안의 변화가 인터뷰 형식으로 소개되어 있었다. 롱생을 수식하는 "창시자créateur"라는 단어가 눈길을 끌었다. 그가 인터뷰를 통해 밝힌 골자는, 자신이 썼지만 그것은 자신의 영역을 벗어나는 만인의 것이라는 내용이었다. 2015년에서 2016년으로 이어져 전 세계 SNS와 뉴스 매체를 뜨겁게 달궜던 세 단어의 조합은, 사건이 공식으로 발표된 몇 분 뒤, 2초간의 생각과 영감으로 표출된 단어와 이미지였지만, 그것은 그의 내면에서 고유하게 빚어져 나온 것이 아니라 그동안 그가 보고 인지해 온 세상의 문자와 이미지가 선험적으로 작동되어 나온 것뿐이라는 말이었다. 인터뷰는 테러 당일 그가 사적으로 SNS에 투척했던 "내가 샤를리다."가 결과적으로 이끌고 기여했던 "1월 11일 공화국 광장으로의 시민 연대 행진" 1주기에 맞추어 진행된 것이었다. 롱생의 얼굴을 유심히 들여다보다가 창가에 놓여 있는 탁자 쪽으로 걸어갔다. 탁자에는 파울 클레의 「새로운 천사」가 놓여 있었다.

〰

「새로운 천사」는 공화국 광장에 갔다가 돌아오는 길에

퐁피두 미술관에 들러 사온 엽서였다. 어제 몽파르나스 묘지로 수잔 손택의 묘를 찾아가는 길에 윤중으로부터 롱생의 인터뷰 기사를 전송받지 않았다면, 다시 공화국 광장에 갈 생각은 하지 않았을 것이었다. 파리에서 파울 클레의 그림들을 보려면 퐁피두 미술관에 가야 했다. 클레의 그림을 찾아보아야겠다는 생각은 순전히 즉흥적인 것이었다. 정리되지 않은 생각들이 발길을 어수선하게 이끌었고, 와중에 「새로운 천사」라는 그림이 떠오른 것이었다. 롱생의 인터뷰, 직접적으로는 롱생의 사진이 뇌리에 남아 있다가 발길을 그쪽으로 인도한 것인지도 몰랐다. 퐁피두에서는 「예언자」와 「아이의 놀이」, 「사슴」 등을 볼 수 있었고, 「새로운 천사」는 소장처가 예루살렘의 이스라엘 미술관이어서, 엽서를 몇 장 구입했다. 천사의 시선이 향하는 쪽, 천사 날개의 움직임을 눈여겨보았다. 그리고 스마트폰에 캡처해 놓은 벤야민의 「역사의 개념에 대하여」를 불러와 읽었다. 그리고 노트북을 열어 써 내려갔다.

～～～

　수채화로 그려진 천사는 곁눈질로 뒤돌아보고 있고, 앙상한 날개를 퍼덕이며 날아오르려는 형상이다. 벤야민은 이 천사의 시선과 날갯짓을 통해 역사 개념에서 진보를 논하고, 미래의 희망을 설파했다. 새로운 천사는 눈은 과거의 끝없는 자료, 폐허를 돌아보지만, 거역할 수 없는 폭풍이 미래로 등을 세차게 밀어낸 존재, 곧 역사의 진보를 이끄는 천사를 뜻한다.

～～～

　천사의 얼굴과 룽생의 얼굴, 천사의 시선과 룽생의 시선을 번갈아 보았다. 천사는 고개를 돌려 과거를 바라보려 하지만, 룽생은 확고부동하게 정면을 응시하고 있었다. 벤야민도, 클레도, 「새로운 천사」도, 역사의 진보도, "내가 샤를리다."의 파급력 앞에서 무색하게 보였다. 「새로운 천사」 엽서 뒷면에 벤야민의 문장을 적었다. "천국에서 불어온 폭풍은 거역할 수 없는 힘으로 뒤돌아선 천사의 등을 세차게 미래로 밀어낸다."

∿

에스프레소 커피 머신 버튼을 누르려는데, 다시 윤중의
카톡 메시지가 도착했다. 이번에도 한마디 안부 없이, 기
사만 덜렁 첨부되어 있었다. 그와 나 사이, 이전에는 없던,
간절곶에 다녀온 이후의 변화였다. 이번에는 '1월의 어느
일요일, 파리에서'라는 내 아티클이었다. 어제 레퓌블리크
광장에서 돌아오자마자 써서 《경향저널》에 송고했는데,
그가 벌써 읽은 것이다. 칼럼의 제목은 조니 할리데이의
노래 「1월의 어느 일요일」에서 따왔다. 동명으로 유튜브
를 검색했다. 여럿이 줄지어 올라왔다. 하나를 클릭했다.
그리고 커피를 마시며 아티클의 현장, 그러니까 오전 10
시 레퓌블리크 광장에서의 추모식 장면을 유튜브로 다시
보았다. 잿빛 허공에 흐느끼듯 느리게 흐르던 베이스 기타
사운드, 성난 슬픈 마음을 한 음 한 음 담담하게 짚어 주던
조니 할리데이의 목소리.

아침 8시가 넘어서야 조금씩 밝아 오는 하늘, 무리지어 이리저리 이동하는 음울한 먹구름, 사이사이 번쩍이며 드러났다가 이내 사라지는 태양과 하늘의 파란 빛. 세상이 어떻게 요동쳐도, 파리는 파리였다. 노트북을 덮고, 장과의 약속 시간에 맞추기 위해, 외출 준비를 서둘렀다.

2

밤 인사

미나는 좀처럼 모습을 보이지 않았다.

입국장 문이 열렸다. 한 무리의 사람들이 쏟아져 나왔다. 서울에서부터 열네 시간 반을 함께 날아온 사람들이었다.

무장한 경찰 두 명이 천천히 걸어갔다. 마중 나온 사람들이나 입국자들이나 경찰을 의식하지 않으려는 듯했다. 그들은 자연스럽게 반기고 함께 빠져나갔다. 포근한 날씨였다.

다시 문이 열렸다. 또 한 무리의 사람들이 캐리어를 밀며 걸어 나왔다. 생김새와 옷차림, 분위기가 비슷했다.

장은 언젠가 이 장면을 본 것 같았다. 똑같은 장면 속에 있었던 것처럼 익숙했다. 어렸을 때, 가족들과 바캉스를 떠나고, 돌아오던 추억 속의 장면이었다. 출발지에 따라 비행기 탑승객들의 생김새와 차림새가 달라졌다. 조금 전까지만 해도 아랍 쪽 사람들의 행렬이 지나갔다. 그리고 지금은 동양인들, 그중에서도 한국인들이 줄지어 나왔다.

처음엔 인식하지 못했던 것들이 분명해지는 순간이 있었다. 나와 상관없이 돌아가는 것들, 방관자의 눈길로 바라보고 지나쳤던 것들이 나와 무관하지 않은 것으로 인식되는 순간이었다.

무장한 경찰 둘이 경계하며 방향을 돌려 다시 걸어왔다.

공항 밖은 어둠이 내려앉고 있었다.

다시 문이 열렸다.

한 무리의 비슷한 얼굴들이 나타났다.

장은 입국장에서 누군가를, 그것도 여자를 기다려 본 기억이 언제였던지 아득했다. 마중 나온 사람들 틈에서 미나가 나타나는 순간을 놓치지 않기 위해 그는 한 발짝도 움직이지 않았다. 그녀의 모습이 나타나기를 기다리면서 한편으로 다른 사람, 다른 얼굴을 떠올렸다. 어렸을 때, 잠 안 오는 밤이면, 깜깜한 허공을 뚫어져라 응시하며 막막한 시간을 보냈다. 그러면 유리창 밖에서 흘러 들어오던 달빛에 어른거리는 얼굴이 있었다. 잠이 드는 순간에는 그 얼굴이 잘 자라고 속삭이며 뺨에 입맞춤을 해 주는 것 같았다. 까마득하게 오래전, 대여섯 살 무렵의 일이었다. 백일몽에서 깨어나듯 고개를 저었다.

그때, 미나의 모습이 나타나 보였다. 장은 손을 번쩍 들어 올렸다. 그리고 자석에 이끌리듯 그녀를 향해 걸어갔다.

〰

퇴근 후, 장은 시내에서 미나를 만나 식사를 함께하고, 밤늦도록 거리를 걸었다. 미나는 장이 운전하는 자동차를 타고 밤의 파리를 돌아보았고, 혼자 몇 시간씩 거리와 광장, 강변을 걸어 다녔다.

〰

살짝 스치듯 뺨을 댔다 떼는 게 다였지만, 미나와의 밤 인사는 장에게 키스만큼이나 감미로웠다. 잘 자요, 라는 말은 몇 번이고 듣고 싶었다. 한국어라서 그럴까, 하고 장은 생각할 정도였다.

　잘 자요, 라는 그 말을 다시 듣고 싶은 마음이 장에게
든 것은 2년 전 여름이었다. 열흘 동안 호텔 여행을 끝내
고 미나가 비행기를 타고 떠난 날 밤이었다. 그날 이후, 장
은 잠자리에 들 때면, 잘 자요, 라고 말하던 미나의 음성과
표정을 떠올렸다. 은근한 여운에 휘감겨 마치 그녀가 옆에
있기라도 하듯, 장은 밤의 허공에 대고 다정하게 밤 인사
를 했다.

　잘 자요, 미나.

미나, 기억의 미로

장이 구체적으로 미나를 찾을 생각을 한 것은 작년 4월 부활절 무렵이었다. 그때 장은 밤 인사에 대한 갈망이 쌓이고 쌓여 불면의 밤을 보내고 있었다. 부활절 연휴 기간 중, 사촌 여동생 마리의 결혼식에 참석차 샤르트르에 갔다가 고등학교 문학 교사인 기욤과 함께 근처에 있는 일리에 콩브레 마을을 돌아보았다. 기욤과는 촌수로는 사촌 간이었으나 형제로 자랐다. 장은 해군 장교였던 아버지가 췌장암으로 서른네 살에 갑자기 세상을 떠나면서 큰아버지의 양자로 들어갔고, 무슨 조홧속인지 큰아버지네는 그때까지 후사가 없다가, 이듬해 기욤을 시작으로 2년 터울로 아들 둘이 태어나 장과 기욤 삼형제가 한집에서 살았다. 기욤은 몇 해 전 노르망디 루앙의 고등학교에 문학 교사로 첫 발령을 받아 간 뒤, 일 년에 한두 번 얼굴을 보다가 아버지를 그쪽 요양 병원으로 모시면서 근래에 부쩍 자주 만났다.

일리에콩브레는 인구 3,000명 남짓의 작고 조용한 동네였다. 프루스트의 소설 무대라는 이유로 세계적인 명성을 떨치고 있었다. 기욤의 설명이었다. 루아르 지방의 성관城館과 고택들 복원 작업으로 수시로 지나다니며 지명을 보아 왔음에도 방문하기는 처음이었다. 비가 부슬부슬 내린 탓인지 마을은 쥐 죽은 듯이 조용했고, 인적이 뚝 끊겨 스산하기 짝이 없었다.

마을 한가운데 자리 잡고 있는 생 자크 교회 앞에 주차해 놓고, 그 아래 프루스트 거리에 있는 레오니 고모네와 스완 공원, 개울과 다리, 동양 정자를 운치 있게 꾸며 놓은 프레 카탈랑 정원까지 느린 걸음으로 돌아보는데 한 시간이 채 걸리지 않았다. 기욤은 마치 자신의 유년기를 더듬듯 교회 제단과 레오니 고모네의 파란 대문에 달린 알림종, 2층으로 오르는 계단과 계단참 탁자에 놓여 있는 마들렌 과자, 그리고 램프와 스테인드글라스 창 등속을 유심히

42

바라보고, 그것에 얽힌 사연들을 장에게 들려줬다. 모두 소설 속 장면들이었다.

기욤의 설명을 들으면서 장은 '『잃어버린 시간을 찾아서』와 건축'이라는 제목의 전시를 보았던 것을 기억해 냈다. 소설을 읽고 싶은 마음이 몇 번 강하게 들었던 것도 환기했다. 그러나 늘 파편적인 정보에 그쳤고, 제대로 읽은 적은 없었다. 소설은 읽지 않았지만, 건축과 관련된 부분들은 수업이나 건축 관련 책들에서 종종 만나곤 했다. 프랑스에서 대표적인 고건축 문화재인 성당 내외부에 대한 소설의 디테일한 묘사는 최근까지 유용하게 회자되었다. 소설을 성당 건축물 축조하듯이 써 나갔다는 프루스트의 고백을 장은 아직도 기억하고 있었다.

기욤과 걸으며 간간이 구글에 검색해 보니, 건축뿐만이 아니라, 『잃어버린 시간을 찾아서』와 만나지 않는 분야는 드물었다. 방돔 광장에 있는 리츠 파리 호텔의 스위트룸 하나는 '프루스트의 방'으로 불리고 있고, 이탈리아의 건축가 겸 디자이너 멘디니는 옛날 앤티크 의자에다가 다채로운 천을 입혀 '프루스트 의자'라고 명명했다. 그는 20세기 초 하얀 수세식 변기를 가져다 놓고 '샘'이라고 제목을 붙인 뒤샹의 뒤를 잇는 전위 예술가로 통했다. 멘디니는 인터뷰마다 "더 이상 새로운 것은 없다."고 강조했다. 있는 것 위에 다시 그리고 덧붙이고 구성할 뿐이다. 말이 선위이고 예술가지, 재활용 전략가이고, 아이디어맨이다. 고건축의 외양을 그대로 두고 속을 재정비하는 장의 작업이나 고풍스러운 옛날 의자에 알록달록한 천을 덧입혀 놓고 '프루스트 의자'라 명명하는 멘디니의 작업은 본질적으로나 기능적으로 다르지 않았다.

∿

일리에콩브레에서 파리로 돌아오는 길에 장은 기욤에 대해 다시 생각했다. 그동안 잘 알고 있다고 생각했던 기욤과는 다른 면모였다. 기욤은 자기 자신보다 프루스트에 대해 더 잘 알고 있는 것처럼 보였다. 자신을 낳은 아버지, 어머니, 자신의 조상보다 프루스트의 아버지, 어머니, 왕고모까지, 가계에 대해서도 해박했다. 시시콜콜한 것까지도 손바닥 들여다보듯 훤히 꿰차고 있었다. 콩코르드 광장에서 샹젤리제대로 사이에 있는 산책로가 '프루스트 길'로

명명되어 있는 것을 이번에 새롭게 알았다. 그 길이야말로 장이 자주 지나다니는 곳이었다. 입구에 세워져 있는 도로 명 푯말을 관광객처럼 일일이 읽으며 다니지 않기 때문에 장에게는 파리의 수많은 길 중의 하나에 불과했다. 그곳은 대로와 연결된 정원으로 관광객들의 발길이 쏠리지 않았고, 익살극을 상연하는 전통극장과 부속 레스토랑이 울창한 마로니에 나무들 사이에 눈에 잘 띄지 않게 자리 잡고 있어서 주로 파리 사람들이 애용했다.

기욤의 말대로, 조금만 관심을 가지고 보면, 파리 곳곳에서 프루스트의 족적을 만날 수 있었다. 타국의 이방인들, 헤밍웨이처럼 미국 작가나 그리스의 카잔자키스, 콜롬비아 출신 마르케스의 흔적도 예외가 아니었다. 기욤처럼 문학 교사가 아닌 일반인이 그들을 쫓아다니는 것은 비현실적이었다. 파리 사람들이 거리에서 기웃거리지 않고, 매정하다시피 곧장 걸어가는 이유가 있었다. 파리 사람과 그렇지 않은 사람을 한눈에 알아보는 방법은 거리에서의 시선의 방향과 보폭을 확인하면 되었다.

기욤의 기억을 쫓아 프루스트 공간을 돌아다녔는데, 정작 그 과정에 장이 머릿속에 떠올린 것은 미나라는 존재였다. 그리고 하루하루 미나를 찾는 일이 마치 자신의 잃어버린 시간, 잃어버린 분신을 만나는 일처럼 열렬해졌다.

　　헤어지는 순간까지 미나라는 이름뿐, 그녀는 장에게 남긴 게 없었다. 익명이나 다름없었다. 생판 모르는 그녀와의 열흘이 실제로 자신에게 일어난 일인지 긴가민가해지는 때도 있었다. 장이 명함을 주었으니, 한 번쯤, 이메일로 안부 인사라도 전해 올 법했으나, 미나는 도무지 감감했다. 그 사이 장은 인도와 터키, 러시아에서 단기로 체류하며 현지 건축사무소의 프로젝트에 협력했고, 형제들과 함께 아버지가 노르망디 루앙 근처의 요양 병원으로 옮겨 가는 것을 도왔고, 그리고 보에티 거리에 있는 한국문화원 한국어 야간 강좌에 등록했다.

〜〜

미나를 찾아야겠다는 결심이 굳어진 것은 시네마테크에서 한국 영화 「피에타」를 보고 난 뒤였다. 일방적으로 기다리다가 끝날 것 같았다. 한국명 '진'으로 SNS를 개설했다. 프랑스어 장Jean을 한국어 발음으로 옮긴 것이었다. 2년 전, 미나가 알려 주었다. 나를 어떻게 소개할 것인가. 나를 표현할 문구가 필요했다. 기욤에게 채록해 놓은 프루스트의 문장이 있으면 보내 달라고 연락했다. 그는 처음 몇 문장을 보내더니, 이후 한 문장, 두세 문장, 수십 문장들을 낮이나 밤이나 시도 때도 없이 보내왔다.

"오랜 시간, 나는 일찍 잠자리에 들어 왔다."

"다시 한번만 키스해 줘요."

"모든 것에는 많은 우연이 개입한다."

"추억, 동일한 순간의 견인력."

"보리수 차에 적신 마들렌 조각의 맛."

"질베르트의 이름이 내 곁을 지나갔다."

사흘째 기욤이 보내오는 문장들을 건성으로 확인하다가, 새벽에 도착한 문장 하나가 뇌리에 박혔다.

"나였던 남자는 이제 없다. 나는 다른 사람이다."

나는 다른 사람이다. 이 문장은 프루스트가 처음 쓴 말은 아니고, 랭보도 비슷하게 썼고, 그들 전에도 누군가가 썼을 것이지만 공식적으로는 랭보와 프루스트에게서 확인된다는 것을 알고 쓰라고 기욤이 덧붙였다. 장은 랭보가 어떻게 썼냐고 되물었다. 즉시 답장이 왔다. "나라는 것은 타자他者, 다른 사람이다." 두 문장의 차이는 '-이다'라는 동사 하나였다.

Je suis un autre(나는 다른 사람이다). ― 프루스트
Je est un autre(나라는 것은 다른 사람이다). ― 랭보

랭보가 말한 것은 '나'를 '3인칭' 대상으로 만들어 쓴 것으로, 나라는 의식으로부터 분리된 제3의 존재, 나로부터 분리된, 나이면서 동시에 내가 아닌 어떤 존재를 가리키는

것이었다. 기욤과 대화를 할수록 장은 그동안 알고 있던 것들이나 모르고 있던 것들이나 뒤죽박죽 섞여서 알쏭달쏭해졌다. 함정이 따로 없었다. "나는 다른 사람이다." "나라는 것은 다른 사람이다."는 어떤 의미에서 같고, 어떤 의미에서 다르게 느껴졌다. 장은 처음 자신을 사로잡았던 프루스트의 원문을 다시 읽었다. "나였던 그 남자는 더이상 없다. 나는 다른 사람이다." 그리고 프루스트의 문장으로 자신을 소개했다.

진@jeanmeyer 나는 다른 사람이다 redisigne_architectuer. Paris, France

나였던 그 남자는 이제 없다. 나는 다른 사람이다.

— 마르셀 프루스트, 잃어버린 시간을 찾아서

장은 출장이 잦아 한국어 수업을 제대로 받을 수 없었다. 대안으로 SNS를 활용했다. 한국어 표기를 구경이라도 할 겸 주로 한국인들을 팔로우했다. 한국의 다양한 장소에 사는 사람들의 소식이 실시간으로 올라왔다. 지극히 사적이고 말초적인 사진과 일방적인 토로부터 전문적인 정보와 지식, 비평과 단평까지 초 단위로 이어졌다. 파편적으로나마 그들의 양상을 지켜보는 것이 장의 하루 일과가 되었다. 막연하게 미나와 연결될지 모른다는 생각이 들었다가 차츰 분명해졌다.

장이 찾으려고 마음먹자, 미나는 가까이, 생각할 수도 없이 가까이, 숨 쉬는 일처럼 함께 있었다. 미나라는 이름을 한국 포털사이트 검색창에 한글과 영어로 쓰고 클릭하자 그녀에 관한 자료들이 나무뿌리의 자잘한 줄기처럼 우르르 딸려 나왔다. 너무 빨리, 너무 쉽게, 너무 많이 등장하는 바람에 장은 숨이 막힐 지경이었다.

미나는 동명의 다양한 프로필들 속에 경쟁하듯 끼어 있었다.

2년 전 장이 만났던 미나, 한 번도 사진으로 본 적 없었던, 실물의 기억은 흐릿해지고 상상 속에 덧붙여지고 확고해진 미나, 장이 찾는 미나는 성이 강씨, 강미나였다.

사진 속의 미나는 시선을 정면으로 향하지 않고 고개와 시선을 오른쪽으로 비스듬히 돌리고 있었다. 장이 기억하는 미나는 니스행 기차에서 우연히 만났을 때의 첫 인상, 그리고 열흘 동안 함께하며 눈으로 마음으로 익혔던 표정들이 고착화된 것이었다. 사진 속의 미나는 마치, 누군가의 부름에 네, 하고 대답하는 것 같았다. 그것은 그녀가 소설가로 데뷔하면서 세상에 내 보인 첫 얼굴이었다. 그리고 그 얼굴은 타인들에 의해 옮겨져 여러 곳에서 눈에 띄었다. 그들 중에 그녀의 SNS에도 올라와 있었다.

Mina@like_a_novel. Seoul, South Korea.
밤 인사. 세상의 모든 밤을 향해, 잘 자요.

미나의 SNS를 보면서 장은 마치 미로 속의 한 줄기 빛, 출구를 발견한 것처럼 희열을 느꼈다.

엿보는 자, 나였던 그 남자

파시의 한식당에서 불고기와 밥으로 저녁 식사를 한 뒤, 두 사람은 비탈진 골목길을 내려와 센 강변 쪽으로 향했다. 장은 막걸리를 처음 마셨다. 곡향穀香이 독특했다. 장은 한 모금 마시고, 한 모금 더 마셨다. 식감이 상쾌했다. 투르에서 쉬지 않고 달려온 뒤라 목이 말랐다. 옆 테이블에서 출장 온 한국인 회사원들인지 사기잔에 가득 부어 잔을 부딪쳐 건배하더니 단숨에 꿀꺽꿀꺽 마셨다. 미나가 장의 잔이 빈 것을 보고는 한 잔 더 따라 주었다. 장도 단숨에 꿀꺽꿀꺽 마셨다. 미나는 막걸리 한 잔, 장은 세 잔 마셨다.

장은 몸이 후끈해지는 것을 느꼈다.

식당 밖으로 나오자 코끝이 시릴 정도로 밤공기가 차가웠다. 미나는 아랑곳하지 않았다. 오히려 열이 난다고 했다. 두 사람의 입에서 번갈아 가며 하얗게 김이 새어 나왔다. 둘은 말없이 비탈진 골목을 걸어 내려갔다.

와인박물관 골목을 빠져나와 강둑길인 케네디 대로에 이르자 에펠탑이 불타오르듯 갑자기 눈앞에 나타났다. 두 사람은 사방에 빛을 뿌리듯이 전율하는 탑신의 광채를 올려다보고 서 있었다.

장에게는 전혀 새로울 것 없는 일상의 장면이었다. 그러나 미나와 나란히 서 있다는 이유만으로 장의 가슴이 벅차올랐다.

강바람에 두 귀가 얼얼해졌다.

장은 비르아켕 다리 쪽으로 미나의 발길을 이끌었다. 장이 좋아하는 아르데코 스타일의 이층 다리였다. 2층은 지하철 6번선 철길, 아래층은 차도와 인도였다. 난간 마다 매달린 램프에 불이 들어와 동화적인 분위기였다. 램프 사이로 에펠탑의 광휘가 꽉 찬 보름달처럼 밤을 밝혔다.

장은 다리 중간까지 걸으면서 백 년 전쯤 르 코르뷔지에라는 건축가가 파리를 완전히 새롭게 단장하려고 했던 계획을 들려주었다. 미나도 그를 안다고 했다. 그가 도시 계획에 참여한 것은 의외라고 덧붙였다. 르 코르뷔지에가 계획한 파리의 미래 모습은 지금 바라보고 있는 이 광경과 는 전혀 다른 것이었다고 장이 말했다. 뉴욕이나 시카고처 럼 60층짜리 초고층 건물 18채가 팡테옹 언덕에서 몽마르 트르 언덕까지 질서정연하게 들어서 있는 것이 르 코르뷔 지에가 꿈꾼 위대한 파리의 미래 모습이었다. 장이 말을 마치자 둘은 약속이라도 한 듯 가볍게 몸서리를 쳤다. 그 런 미래가 오지 않은 것이 다행이었다. 둘은 같은 생각을 하며, 발걸음을 멈추고 거대한 빛다발처럼 반짝이는 에펠 탑을 올려다보고 서 있었다.

강물이 흘러가고 있었고, 밤도 흘러가고 있었다.

다리를 건너자 유리로 지어진 일본 문화원 건물이 눈에 띄었다. 장은 점심에 교토에서 온 일본 의뢰인들과 미팅을 하고, 바스티유 근처 레스토랑에서 점심을 먹는데, 무장한 경찰이 느린 걸음으로 주위를 살피며 지나가자 동행자들 중 나오미라는 여성이 예민하게 공포스러워해서 난처했 던 이야기를 미나에게 들려줬다. 그러면서 언제 그랬냐는 듯이 일상이 돌아가고 있는 것 같지만, 사실 파리라는 데는 곳곳에 불안이 스며들어 있다고 덧붙였다. 어린 시절까지 거슬러 올라가면, 경중은 달랐지만 테러 사건이 여러 차례 있었던 것이 사실이었다.

장은 일주일 전, 공항에서 만나 시내로 진입하는 길에 테러 희생자들의 추모 현장인 레퓌블리크 광장과 무참하게 살상이 일어났던 바타클랑 극장, 리틀 캄보쥬 식당 앞을 차로 돌아볼 때 어두운 차 안에서 숨을 죽이고 바라보던 미나의 굳은 표정이 떠올랐다.

미나와의 대화는 더 진전되지 않았다. 두 사람이 하고 싶은 말을 남김없이 소통하기에는 언어의 장벽이 아예 없지는 않았다. 대화가 끊어지면 미나는 마치 거기 혼자 있는 사람처럼 자기 속으로 침잠했다. 그녀는 강물을 바라보고, 장은 그런 미나의 옆모습을 바라보았다. 두 사람은 정지된 화면처럼 꼼짝하지 않은 채 서로의 숨소리를 느끼고 있었다.

〰〰〰

장은 미나가 생각하는 것보다 그녀에 대해 훨씬 많이

알고 있었다. 미나는 이삼일, 또는 매주, 또는 한두 달에
한 번씩 SNS 소개 문구를 변경했다. 장이 처음 발견했을
때의 문구는 '이대로, 영원히'였다. 미나는 극도로 소심해
서 사랑하는 여자와의 관계를 좁히지 못했던 남자, 벤야민
의 안타까운 마음이 『모스크바 일기』 속의 토로, '이대로,
영원히'에 담겨 있다고 부기했다. 이후 미나의 SNS 문구
는 '신비한 결속', '일방통행로', '누군가 내게 말하길', '현기
증. 감정들', '쪽배의 노래', '파리의 우울' 등으로 바뀌어 갔
다. 그때그때 쓰고 있는 글의 제목을 올리거나, 읽거나 본
작품들의 일부를 심정에 실어 올리는 식이었다.

　매일 그녀의 SNS를 엿보는 장은 그녀가 한국에 있으나
가까이 있으나 투명 인간처럼 존재를 드러내지 않았다.
SNS 속의 그녀가 실재實在의 그녀보다 장에게는 더 가까
웠다. 그녀가 SNS에 쓰는 몇 글자, 몇 문장에 따라 실물의
그녀 상태를 이해했고, 실재의 그녀가 앞에서 알 수 없는
표정을 지었던 내막을 장은 SNS에서 확인했다.

~~~

오전 8:50-1월 8일

Mina@like_a_novel 파리에서 깨어나다. 이른 아침에 새소리를 들었다. 밤에 비가 잠시 뿌렸고, 창에 작은 물방울이 서렸다. 창가에는 사이프러스 나무인지 향나무인지 두 그루가 가늘고 높게 서 있다.

오전 10:01-1월 8일

Mina@like_a_novel 가까이 센 강이 흐른다고 하는데 보이지 않는다. 집은 뜰에서 보면 일자형 단층, 실내로 들어가면 나선형 계단이 놓인 복층 구조이다. 아래층에 긴 테이블이 놓인 거실과 부엌, 방이 있고, 나선형 계단을 올라가면 방이 하나 더 있다. 내가 머무는 방이다.

오전 10:05-1월 8일

Mina@like_a_novel 거리에서 집으로 들어가려면 파란 철문을 밀고 들어가 뜰을 지나가야 한다. 산사나무와 덩굴장미가 뜰을 에워싸고 있다. 뜰에 깔린 파란 잔디가 촉촉하게 물기를 머금고 있다. 집은 작지만 벽에 가로로 긴 통유리 창을 만들어 볕이 잘 든다.

오후 2:41-1월 9일

Mina@like_a_novel 오후 산책을 나갔다. 앞에서 누가 걸어오면 일부러 길을 건너 걷는다. 뒤에서 누가 따라오면 발걸음을 빨리해서 간격을 벌려 걷는다. 파리 테러 현장 속을 헤집고 들어갔다 나온 여파일 것이다. 산책을 하는 중에 방어심과 경계심이 작동되는 것은 어쩔 수 없다. 하루하루 나아질 것이다. 자연스럽게.

오후 11:50-1월 9일

Mina@like_a_novel 파리 사람들은 한겨울 추위에도, 노천카페에 앉기를 좋아한다. 생 제르맹 데 프레, 생 미셸, 몽파르나스, 샹젤리제 등은 말할 것도 없고, 동네 카페들도 다르지 않다.

오전 6:50-1월 10일

Mina@like_a_novel 끝날 것 같지 않는 통로를 빠져나오면서 꿈에서 깼다. 뒤돌아보기 두려운 칠흑 같은 어둠이었다. 꿈에 그를 본 것 같았다. 그라는 느낌일 뿐 그가 누구인지 알 수 없었다.

오후 5:20-1월 10일

Mina@like_a_novel 레퓌블리크 광장에 갔다가 돌아오는 길. 퐁피두

미술관에 갔다. 파울 클레의 그림을 보았다.

오후 7:30-1월 10일

Mina@like_a_novel 로랑 프로보의 조아킴 롱생 인터뷰를 읽었다.
"내가 샤를리다."의 창시자, 조아킴 롱생, 1년 후……. 정면을 응시하는
그의 흑백사진을 보고 있자니 루오가 그린 예수 같다. 아니 클레가 그
린 예언자 같다.

오후 9:45-1월 10일

Mina@like_a_novel 조니 할리데이의 「1월의 어느 일요일」을 듣고 또
듣다. 수많은 군중 속에서 우리는 침묵하며 걸었지. 불어오는 바람은 광
장에서 끊임없이 노래했지.

오전 7:04-1월 15일

Mina@like_a_novel 파리에 온 지 일주일이 지났다. 오늘도 파리의
아침 하늘은 흐리다. 새벽 4시 반이면 눈을 뜬다. 책상에는 앉지 못한
다. 어둠을 정밀하게 느낀다.

오전 11:50-1월 15일

Mina@like_a_novel 창문을 열다가 파란 하늘에 홀려 거리로 나갔다. 돌아오는 길에 비를 흠뻑 맞았다. 지붕 위에 몰려와 있던 구름을 보지 못한 탓이다.

오전 11:55-1월 15일

Mina@like_a_novel 타지 또는 타국에서 이방인으로 산다는 것은 살아온 규모와 방식을 지극히 단순화시킨다는 것을 뜻한다. 마치 꼭 붙는 의복처럼 불필요한 공간을 거느리지 않는다. 매사에 절제하고, 긴장한다.

오후 10:10-1월 15일

Mina@like_a_novel 파시에서 저녁 식사 후, 비탈길을 내려와 센 강가까지 걸었다. 갑자기 빛으로 휘감긴 에펠탑이 눈앞에 나타나 놀랐다. 날렵한 몸매의 거대한 광채에 압도당했다. 갈 길을 잊은 채, 넋을 놓고 올려다보았다. 눈물이 쏟아질 것 같았다.

～～～

　장은 밤마다 미나의 일기를 훔쳐보듯 그녀의 SNS를 읽었다. 그녀의 SNS를 숨죽이고 엿보는 것은 2년 전 여름, 그녀가 만났던 그 남자, 그녀에게 새롭게 태어난 자신의 존재를 확인하고 싶은 갈망에서 비롯된 집착이자 기다림이었다.

～～～

　미나의 SNS를 읽고 있으면, 시간도, 종족도, 사랑도, 번민도, 나라는 의식조차도 무無가 되고, 새로운 시간, 새로운 출발점에 서 있는 기분이 되었다. 극히 단순해졌다.

～～～

　같은 공간에서 서로 눈을 바라보며 대화를 하지만, 장은 투명한 유리 막으로 미나와 차단되어 있는 느낌이었다. 가끔 장에게 미나는 우주처럼 멀었다.

새벽에 미나가 흐느껴 우는 소리를 들었다. 장은 계단을 조심스럽게 밟고 올라가 미나의 방문 앞에 섰지만 노크하지 않았다. 이내 흐느낌이 잦아들었다. 지나가는 슬픈 꿈인 듯했다.

장은 어둠 속에 서 있다가 내려왔다.

잃어버린 감각이 되살아나듯 누군가의 방문 앞에 오랫동안 서 있었던 기억이 떠올랐다. 언제라고 할 수 없을 정도로 까마득한 과거의 반복적인 장면이었다.

날이 밝아 오고 있었다.

〰〰

상파뉴 지방의 완만한 구릉들이 끝도 없이 펼쳐졌다. 에페르네에 가는 길이었다. 하늘과 맞닿은 광활한 지평선을 따라 달렸다. 마음이 평온해졌다.

미나에게 에페르네에 함께 가자고 말하고 싶었다. 미나가 동행한다면 하루 머물다 올 수도 있었다. 둘은 2년 전

렝스에서의 추억이 있었다. 에페르네에서 렝스는 30분 거리였다. 장이 에페르네에서의 미팅을 마치면, 렝스로 가서 그때 머물렀던 별 두 개짜리 카테드랄 호텔에 다시 묵을 수도 있었다. 열흘간 이어지던 여행의 마지막, 유일하게 둘이 한방에서 묵었었다. 그날 밤, 손끝 하나 닿지 않고 잠이 들기까지, 이성적으로 유지해 오던 관계의 균형을 깨지 않기 위해 온 신경을 집중했다. 여행이 끝나고, 혼자 남게 되자 남은 바캉스 사흘을 잠에 빠져 보냈다. 고령의 호텔 주인에게 열쇠를 받아 삐걱거리는 나선형 나무 계단을 짐을 들고 꼭대기까지 올라가 문을 열고 들어가던 그날을 떠올리는 것만으로도 장은 심장 박동이 빨라졌다.

〰〰

에페르네에 혼자 다녀오기로 마음을 바꾼 것은 새벽에 미나의 흐느낌 소리를 들었기 때문이기도 했지만, 이틀 후면 미나와 여행을 떠날 것이어서 부담스럽게 여길지도 모른다는 생각이 들어서였다. 열흘 동안 중부와 남부를 거쳐 서쪽 끝 페르피냥까지 다녀오기로 예정되어 있었다. 여행이 끝나고 미나가 한국에 돌아가면, 「어떤 여름」의 속편인 「어떤 겨울」을 쓰는 것은 아닌가, 제안 삼아 묻기도 했다.

장은 한 달 째 「어떤 여름」을 읽고 있었다. 함께했던 시간과 공간으로 짜인 소설이니 느리게라도 완독하고 싶었다. 미나에게 한 페이지씩 읽어 달라고 부탁할 수도 있었다. 번역 앱을 돌려 읽을 수도 있었다. 한국인 성우의 AI 목소리로 들을 수도 있었다. 그러나 원석을 조탁해 하나의 형상을 만들어 가듯 한 글자, 한 문장 스스로 해독해 갔다.

창을 열자 대성당은 보이지 않고 흐린 하늘 아래 잿빛 지붕과 굴뚝들이 눈에 들어왔다.

경험을 공유한 때문인지 내용 파악이 저절로 이루어지는 경우도 있었다. 그리고 어느 대목에서는 장의 속마음을 핀셋으로 집어 보여 주듯이 적확하게 그리고 있어서 깜짝 놀라기도 했다.

밤이 새도록 이야기를 하고 싶은 마음도 간절했다. 대화가 끊어지고 침묵이 흐르면 지금까지 이성적으로 유지해 온 관계의 균형이 깨질 수도 있었다. 그것은 모험이었다. 과거에는 그것을 조금이라도 즐기는 데 정신이 팔렸던 시절도 있었다. 지금은 모험보다는 모험 이후의 어떤 흐름, 인생에 관심이 쏠렸다. 지금 이 순간, 이대로의 모든 것.

∧∧∧

에페르네에서 장은 샴페인 저장고와 연계한 18세기 저택 르 클로 라미의 리모델링 보고를 마치자마자 노르망디 쪽으로 방향을 돌렸다. 아버지를 만날 생각이었다. 더는 미룰 수 없었다. 이제는 분명하게 확인해야 했다. 갈 때마다 결심을 했지만, 번번이 그냥 돌아오곤 했다.

라디오를 켰다. '퇴근 후 연락 금지법'에 대해 한창 토론 중이었다. 이 법은 올랑드 정권 시기 플뢰르 펠르랭이 문화통신부장관 재직 때 시작되었다. 펠르랭은, 녹색당의 장뱅상 플라세처럼, 프랑스 정치권에서 한국인 입양아 출신 프랑스인으로 알려져 있었다. 어디에서나 동양인, 그것도 동아시아인이라는 것을 어느 정도 알아볼 수 있었다. 장이

만난 한국인들은 중국인과 일본인 사이에서 구별되기를
원했다. 그러나 여기에서 그것은 별 의미가 없었다. 펠르
랭이나 플라세처럼 장에게도 한국인의 피가 흐르고 있지
만, 밝히지 않는 한, 알아보는 사람은 없었다. 미나도 예외
는 아니었다.

3

파리 15구 동바슬 거리

거리에는 어둠이 내리고 있었다.

리슐리외 국립도서관에서 나와 루브르박물관 통로를 통과해 예술교를 건너 뤽상부르 공원을 지나 보지라르 거리를 따라 주욱 걸었다. 파리 1구에서 6구, 15구로 이어지는 길이었다. 어느덧 퇴근 시간이었다. 지하철 역 주변과 버스 정류장 인근이 퇴근자들의 발길로 활기를 띠었다. 스마트폰을 꺼내 길 찾기 앱 무빗을 작동시켰다. 내가 지금 서 있는 곳은 보지라르 거리 349번지였다.

지척에 동바슬 거리가 있을 것이었다.

하늘은 아직 어두워지지 않았는데 유독 환하게 불을 밝히고 있는 빵집이 보였다. 그쪽으로 걸었다. 빵집에 다다

라 건물 외벽에 부착된 '15구 동바슬 거리' 표지가 눈에
들어왔다.

공기가 차가워지고 있었다. 뜨거운 기운이 가슴 속에서
솟구쳐 올랐다. 어느 해 겨울 해질녘, 아버지의 무덤을 찾
아갔던 기억이 엄습했다. 이 순간에 왜 그때 생각이 나는
지 뜬금없었다.

빵집 앞에서 왼쪽으로 발길을 꺾었다.

동바슬 거리가 한 눈에 들어왔다. 거리의 끝과 좌우로
늘어선 건물들 모양을 일별했다. 파리 거리 조성 자료에
따르면, 동바슬 거리는 보지라르 거리 353번지에서 샤를
르 발랭 광장으로 이어지는, 길이 530미터 폭 10미터 짧
은 길이었다. 그에 비해 보지라르 거리는 6구와 15구에
걸쳐 4킬로미터가 훌쩍 넘는, 파리에서 긴 도로였다.

10번지 건물 앞에 도착했다.

입구 위에 알림판이 붙어 있었다.

발터 벤야민

1892-1940

독일 철학자이자 작가, 보들레르와 프루스트 번역가

1938년부터 1940년까지 이 건물에서 살았다

1940년, 벤야민이 생을 마감한 해였다. 이곳이 그가 체류하던 파리의 거처들 중 마지막 장소였다.

2층 창가에 줄기 식물이 장식용으로 늘어져 있었다. 건물을 올려다보았다. 짧은 골목에 들어선 건물들이 그렇듯이 아담한 규모였다. 처음부터 그랬는지 최근에 리노베이션을 했는지, 외관 정면이 이웃한 건물들과는 다른, 독특한 형태를 띠고 있었다. 3층부터 장미색이 감도는 대리석 열주 두 개가 테라스에 세워져 신전을 연상시켰다. 1층에는 오토바이 면허 학원과 펫 숍이 문을 열고 있었다.

벤야민은 이곳에 살면서 끊임없이 편지를 썼다. 뉴욕의 호르크하이머에게, 팔레스타인의 게르숌 숄렘에게, 코펜하겐의 아도르노 그리고 런던의 그레텔 아도르노에게 보내는 편지였다. 그들은 경제적으로나 정신적으로 파리에서의 그의 삶과 연구를 지지해 준 존재들이었다. 그는 이 거리, 이 아파트에서 무슨 생각을 하며 숨을 쉬고 연명해 갔는지 낱낱이 편지에 밝혔다. 그는 1940년 1월 17일 런던의 그레텔 아도르노에게 편지를 썼다. 시국과 건강 상태에 대하여, 전체적인 형편에 대하여, 이 모든 것들이 어려워 집에 틀어박혀 하루의 반은 거의 누워 지내고 있다고. 파리에서의 그의 삶은 궁핍의 연속이었다. 충분하진 않지만 글을 쓸 수 있을 만큼 난방이 들어온 이 아파트에서 그가 쓴 마지막 편지는 1940년 2월 22일, 뉴욕의 호르크하이머에게 보낸 것이었다. 조여 오는 불안과 엄습하는 고독으로부터 해결책을 찾기 위해 애를 썼고, 그 결과물이 보들레르라고, 호르크하이머에게 그것이 가닿기를 기대한다는 내용이었다.

뉴욕 사회연구소의 막스 호르크하이머는 벤야민에게 가장 중요한 경제적 지원처였다. 벤야민은 주기적으로 그에게 연구 작업의 내용과 애로점과 진척 사항을 편지로 보고했다. 1939년 말에 쓴 편지에는 자신이 프랑스에 갖는 애착이 어느 정도인지, 국립도서관이라는 곳이 자신에게 어떤 존재인지 고백했다.

"나에게는 세상 그 어떤 것도 국립도서관을 대신할 수는 없습니다."

동바슬 거리에서 다시 보지라르 거리로 빠져나오면서 국립도서관에 대한 벤야민의 외침과도 같은 한 문장을 SNS에 쓰고, 10번지 건물과 알림판의 문구, 거리 사진을 게시했다. 거의 동시에 서울과 부산, 리옹 소재 팔로워들의 반응이 있었다. 호르크하이머에게 보낸 마지막 편지의 마지막 문구를 140자에 맞춰 X에 올렸다. 삽시간에 홍대 앞과 부산 하단, 리옹, 그리고 포틀랜드 소재 팔로워들의 반응이 있었다.

　콩방시옹 역 방향으로 걸었다. 역에 다다라 돌아섰다. 그리고 동바슬 거리로 다시 걸어가 끝까지 걸어갔다가 되돌아오기를 반복했다. 도중에 10번지 문 앞에 서 있다가 한 노인과 마주쳤다. 노인은 키가 작았고, 중절모를 썼고, 느릿느릿 걸었다. 마치 내가 노인을 기다리고 서 있었던 것처럼 여겨졌다. 노인이 10번지에 사는지는 알 수 없었다. 그러나 마치 노인과 만남을 약속하고 온 것처럼 나는 그를 향한 채 움직이지 않고 기다렸다. 세상이 금세라도 꺼져 버릴 듯 노인은 힘없는 걸음걸이로 다가왔고, 10번지 문 앞에 서 있는 내 앞에 마주 섰다.

노인에게 알림판의 내용을 가리켜 묻는 일 따위는 하고 싶지 않았다. 노인은 누구를 찾아왔느냐고 물었고, 나는 아무것도 아니라고, 괜찮다고 대답하며 한 걸음 물러섰다. 노인은 무엇이 괜찮냐고 물었고, 나는 아무것도 아니라고 대답했다. 그러자 노인은 다시 무엇이 아무것도 아니냐고 물었고, 나는 다시 괜찮다고 대답하려다가 몹시 피로감을 느꼈다.

나는 괜찮지 않았다. 그런데 아무것도 아니었다.

노인은 비밀번호를 누르기 위해 입구의 유리문 옆으로 다가갔고, 나는 그로부터 뒷걸음질 쳐 걷기 시작했다. 보지라르 거리로 빠져나와 콩방시옹 역 방향으로 내처 걸었다. 네거리에 이르러 길 건너 카페 뒤퐁으로 들어갔다.

노천 테이블에 자리 잡고 앉았다. 동바슬 거리 입구가 대각선으로 보였다. 테이블 바로 옆이 꽃집이었다. 화사한 꽃다발들이 전등처럼 인도의 일부를 환하게 밝히고 있었다.

히아신스? 프리지아? 꽃무릇? 은방울꽃?

어떤 꽃이라도 향기를 맡고 싶었다. 살아서 내는 향기, 사라지면서 내는 향기, 저녁의 향기, 밤의 향기, 새벽의 향기, 시간을 품은 대기의 꽃향기.

거리에 한 겹 두 겹 내려앉는 어둠의 켜를 응시하며, 노인을 생각했다. 느릿느릿 걸어오던 노인의 부피 없는 발걸음, 나를 바라보던 노인의 공허한 눈동자, 내게 되묻던 노인의 핏기 없는 입술이 떠올랐다. 노인의 입을 떠올리는 순간, 노인이 나에게 물었던 말에서 소리를 듣지 못했음을 깨달았다. 소리를 듣지 못했는데, 나는 왜 노인이 나에게 거듭 질문을 했다고 생각했을까. 그리고 노인에게 대답하려고 애썼을까. 내가 노인을 만난 것이 사실인가. 노인은 동바슬 거리 10번지, 벤야민이 살았던 그 아파트의 1층 출입문을 밀고 안으로 들어갔는가.

아무것도 아닌 일이었다. 그러나 혼란스러웠다. 때마침 사이렌 소리가 거리 저편에서 들려왔다. 물결이 한쪽으로 쏠리듯 사람들의 발걸음이 빠르게 한 방향으로 쏠리는 듯했다. 세상이 기우뚱 기울어지는 듯했다. 사이렌 소리 때문이 아니었다. 발걸음마다 저물녘, 낮과 밤이 몸을 뒤섞는 순간의 재촉과 갈망이 실려 있었다.

사이렌 소리는 이내 잠잠해졌다. 지난 며칠, 거리를 헤매고 다닌 이유에 대해 생각했다. 이러려고 파리에 온 것은 아니었다. 그러나 해질녘이면 거리로 나와 백화점과 대

로, 파사주(통로)와 갤러리(회랑)들을 찾아다녔다. 9구 오
스망 대로에 있는 라파이예트백화점, 9구 몽마르트르 대
로에 있는 파사주 조프루아, 1구 블루아 거리에 있는 갤러
리 베로도다. 벤야민에게 깊은 인상을 남겼던 공간들이었
다. 파사주와 갤러리는 건물과 건물 사이 아치형 지붕이
있고, 그 아래 상점들이 줄지어 문을 열고 있는 통로와 회
랑을 뜻했다. 벤야민은 아케이드라 불렀다. 이들은 누가
일부러 환기시키지 않는 한, 여행자의 눈으로는 잘 파악할
수 없는, 파리의 독특한 건물 구조였다.

저녁을 먹기에는 이른 시간이었다. 샹파뉴로 출장을 떠
난 장은 자정 무렵에야 돌아올 것이었다. 커피도 홍차도
와인도 내키지 않았다. 무얼 마시려고 카페에 자리 잡고
앉은 것은 아니었다. 거리의 일부가 되어, 어둠이 내리는
이곳의 밤 풍경을 지켜보고 싶었다.

키르 로열 한 잔을 주문했다. 부르고뉴식 칵테일이었
다. 카시스라는 열매향이 샴페인에 스며들어 달콤하면서
도 찌르는 맛을 냈다. 스마트폰을 꺼내 전자책 서가로 들
어갔다. 벤야민의 회고담 『베를린의 어린 시절』을 불러냈

다. 서울로 돌아가면 파라-n에서 읽을 3월의 묵독서였다. 윤중의 추천서였다. 첫 장을 클릭했다. 몇 페이지 홀홀 넘겨 보다가 시선을 고정했다.

도시에서 길을 헤매도 그다지 큰일은 아니다. 하지만 숲속에서 길을 잃듯이 도시에서 길을 잃으려면 훈련을 필요로 한다. 이 경우 거리 이름이 마른 나뭇가지가 뚝 부러지는 소리처럼 도시를 헤매는 이에게 말을 걸어 주어야 하며, 도심의 작은 거리들은 산골짜기의 계곡처럼 분명하게 하루의 시간을 비추어 주어야 한다. 나는 늦게서야 이러한 기술을 터득했다.

벤야민은 베를린 한복판의 흑림黑林 '티어가르덴'의 추억을 회고하고 있지만, 나에게는 지금 이곳, 파리에서의 내 행적, 내 마음을 대변하고 있는 것과 같았다. 그에게 보들레르를 쓰는 일은 곧 파리를 분석하는 작업을 의미했고, 프루스트를 독일어로 번역하는 일은 『잃어버린 시간을 찾아서』의 화자 마르셀처럼 곧 자신의 유년을 회고함으로써 복원하는 일이었을 것이다.

가르송이 키르를 가져다 놓은 것도 의식하지 못한 채 생각에 빠져 있었다. 한 모금 마시고 잔을 내려놓으며 지금 이 순간 내 앞을 지나가는 행인들, 점점 명료해지는 가로등 불빛들, 하나둘 꽃들을 가게 안으로 들여놓는 꽃집 남자, 그리고 동바슬 거리 입구를 바라보았다. 어제와는 분명히 다른 오늘이었지만, 이 순간을 쓰지 않으면 어제와 똑같은 어느 날로 사라져 버리고 말았다. 스마트폰의 메모 창을 열고 몇 글자 끄적거렸다.

쓰는 것은 거친 물살을 잡아 나가듯 집중력을 요구하지만, 쓴 것을 지우기는 순식간이었다. 물살이 거칠수록 감정 과잉 상태일 때가 많았다. 메모 창에 아무 흔적도 남기지 않고 지워 버리고, 자리에서 일어섰다.

내일은 남쪽 지방으로 떠날 것이었다.

어쩌면, 포르부에 닿을지도 몰랐다.

윤중은 모르는 사실이었다.

부르고뉴

    파리를 벗어나자 쭉 뻗은 고속도로가 시야를 거침없이 열어 주었다. 동쪽 하늘에 흰 구름이 거대한 날개 형상으로 흘러가고 있었다. 구름 사이로 해가 나타났다 사라졌다 했다. 오전 11시였다. 퐁텐블로, 디종이라는 지명이 주기적으로 표지에 나타났다. 퐁텐블로를 지나자 리옹, 마르세이유가 등장하기 시작했다.

    "이대로 달리면, 리옹, 마르세이유, 니스 거쳐 로마에 닿을 수 있는데, 갈까요?"

    장은 어제 에페르네에서의 회의가 성공적으로 끝났는지, 한껏 들뜬 목소리였다. 그는 새벽 2시 넘어 귀가했다. 나는 불을 끈 채 침대에 누워 꼼짝하지 않았다. 그가 조심

조심 움직이는 소리에 귀가 쏠렸다. 그는 계단을 밟고 몇 걸음 올라오다가 멈춰 서더니 이내 되밟아 내려갔다. 그가 한 발 한 발 올라올 때 심장이 너무 격렬하게 뛰어서 어둠 속에 메아리치는 것 같았다. 숨을 죽인 채 그가 돌아서는 몸짓, 발을 내려 딛는 모양과 짓고 있을 얼굴 표정까지 고스란히 느끼고 있었다. 그가 계단을 내려가 자신의 방문 쪽으로 걸음을 옮기고 나서야 참고 있던 숨이 터져 나오면서 전신의 힘이 빠져나갔다. 그 순간이었을 것이다. 잠이 든 것은.

"로마에서도 작업을 했나요?"

"아뇨, 한 번도. 할 뻔했던 적은 몇 번 있었죠."

이번 여정은 장이 이끄는 대로 맡기기로 했다. 2년 전 여름, 내 여정에 따라 그가 동행했던 것처럼. 그리고 이번에 내가 그의 초대에 응한 궁극의 이유이기도 했다.

"목적지가 꼭 로마여야 하는 것은 아니죠?"

"목적지는 정하지 않았어요. 그러니, 얼마든지 다른 곳을 말해도 되고, 말하지 않아도 됩니다."

"그러면, 로마가 아닌 다른 곳. 가고 싶은 데가 있어요."

"다른 곳?"

"산레모나 포르부는 어떨까요?"

"산레모나 포르부?"

그는 속도를 줄이며 전혀 뜻밖이라는 표정으로 되물었다. 그리고 확인했다.

"그 둘은 지중해 안에서도 정 반대 쪽에 위치하고 있는 거 알고 있죠?"

"알고 있죠. 산레모는 동쪽 이탈리아, 포르부는 서쪽 스페인."

"둘 중 하나만 선택한다면?"

"포르부죠."

"아, 포르부!"

"네, 포르부!"

장과 포르부에 대해 이야기하고 있자니, 12월 묵독 모임이 끝날 즈음, 윤중과 간절곶으로 달려가던 새벽 차 안에서 나누었던 대화가 떠올랐다. 그때 포르부에 대해 이야기를 꺼낸 것은 윤중이었고, 듣는 쪽은 나였다. 포르부는 프랑스인 또는 스페인인이라고 하더라도 누구나 알 만큼 유명한 곳이 아니었다. 장이 포르부를 알고 있다는 사실이 놀라웠다. 가끔, 원활하게 소통이 되지 않음에도 불구하고, 내가 생각하는 것을 훤히 꿰뚫고 있는 듯한 착각에 빠지곤 했다. 바로 지금과 같은 순간이었다. 장은 새로운 여정을 잡아 보고 있는지 잠시 입을 다물고 있었다. 때마침, 대화를 엿듣고 있기라도 한 듯, 윤중에게서 카톡이 도착했다. 간절곶에서 돌아오는 새벽, 이야기를 나눴던 영화 「Fire at Sea」에 대한 기사가 첨부되어 있었다. 그리고 예외적으로 몇 마디 안부를 물어왔다.

- 잘 지내고 있나요?

- 네, 잘 지내고 있어요. 거긴요?

- 네, 잘 지내요. 지금 어디에 있나요?

- 남쪽으로 내려가고 있어요.

- 언제 돌아오죠?

- 열흘 뒤에요.

- 그렇군요.

- 네.

윤중과 카톡을 주고받는 사이 차는 고속도로를 빠져나와 이차선 국도로 들어섰다. 드넓은 대지와 완만한 구릉지 사방이 포도밭이었다. 장은 시속 60킬로미터 이하로 달렸다.

"작년에 러시아에 잠시 체류한 적이 있어요."

장이 입을 열었다. 나는 그의 말을 들으며 윤중과 카톡으로 소통하고 있었다. 평소처럼 그는 기사를 첨부해 보내는 것으로 자신의 존재를 환기시키며 나를 자신에게 집중시켰다. 「Fire at Sea」에 이어 영불 해협의 항구 도시 깔레의 난민촌 기사가 첨부되어 있었다. 지난주에는 파리 북역 근처 난민 텐트촌에 대한 르뽀 기사를 보내와서 충동적으로 그쪽으로 가 볼 생각이 들었으나, 실행에는 옮기지 못했다.

"주로 모스크바에 머물렀죠. 굼에 자주 가곤했습니다. 아, 굼은 백화점입니다."

"붉은 광장에 있는, 국영 백화점 말이죠?"

"그래요, 알고 있네요."

"붉은 광장을 가운데 두고 레닌 묘와 마주하고 있는 장면을 사진으로 본 적이 있어요."

내가 본 굼백화점 사진은 흑백으로, 파리행 비행기에
오르면서 유일하게 가져온 벤야민의 『모스크바 일기』에서
였다. 벤야민이 굼백화점에 처음 들어간 날을 기억하고 있
었다. 아샤 라시스를 보기 위해 1926년 12월 9일에 모스
크바에 도착한 그는 15일 아침 바실리 대성당을 관람하러
나갔고, 그때 성당 옆에 있는 굼백화점에 들렀다. 그때 강
렬하게 그의 눈길을 끈 것은 파사주 형태의 내부 구조보다
장난감 가게에 진열된 화려한 색깔의 점토 기사 인형이었
다. 그날 그는 인형을 사지 못했고, 한 달 후, 모스크바를
떠나기 임박해서 굼백화점에 다시 들러 손에 넣었다. 벤야
민은 장난감 수집에 병적인 취미를 가지고 있었다.

"지금은 민영으로 전환해 종합 백화점 체제로 운영되고
있죠. 삼성도 거기에 입점해 있구요."

장은 삼성, LG 같은 한국 브랜드를 언급할 때는 악센트
를 넣어 강조하듯 말했다. 그리고 그때의 어감이나 표정이
한국인의 그것과 흡사했다. 가끔, 장에게는 한국인의 피가
흐르는 것은 아닐까, 라는 착각이 들 정도로 이심전심, 통
하는 느낌이 있었다. 그의 말에 귀를 기울이며 깔레 난민

촌 기사를 눈으로 훑다가, 시선을 돌려 운전 중인 그를 바라보았다. 콧등이 약간 돌출한 매부리코, 구불거리는 구릿빛 머리칼, 회색빛이 감도는 푸른 눈. 전형적인 프랑스인이었다.

"굼은 거대한 파사주 형태의 웅장한 건축물입니다. 지붕이 유리 돔으로 되어 있고, 성당처럼 중앙을 텅 비워 놓았죠. 3층으로 되어 있는데, 층마다 최고급 부티크들이 자리 잡고 있어요. 1893년 처음 문을 열었을 때 1,200개의 상점이 들어섰다고 하니, 당시 모스크바 사람들 눈에는 정말 놀라운 세계로 보였겠죠?"

장은 부르고뉴 지방의 간선도로를 달리느라 감속한 것만큼이나 느린 말투로 굼백화점에 대한 인상을 들려주었다. 그리고 백화점 이야기를 덧붙였다. 파리의 르봉마르셰백화점은 굼백화점보다 40년 앞서 등장했다. 파리에서 처음이 세계에서 처음이었던 시절이었다.

"굼백화점의 2층 왼쪽 끝 통로에는 삼성이 자리 잡고 있습니다. 모스크바에 머무는 동안 나는 틈날 때마다 삼성에 가서 구경하곤 했어요. 그리고 그곳 난간에 서서 파사주 전체를 조망하는 것을 좋아했습니다. 삼성이 전자 기기의 첨단을 보여 준다면, 난간에서 바라보는 광경은 러시아의 심장에 박힌 자본의 전시 욕망을 보여 주는 것이었죠."

요 며칠 파리의 파사주와 백화점들을 찾아다닌 것을 장에게 말하지 않았다. 그럼에도 불구하고, 장이 들려주는 이야기는 내가 이번 여행의 목적지를 포르부로 제안한 것과 같은 흐름을 타고 있었다. 일부러 화제를 그렇게 잡기라도 한 것처럼.

"벤야민이라는 사람, 파리의 도시 구조와 건축물, 특히 파사주와 백화점에 열광했죠. 평생 연구 주제로 삼았구요. 그런데 그것은 파리에서 처음 발견한 것이 아니라, 바로 모스크바의 이 굼에서 착상한 것이죠. 역시 알고 있겠지만!"

어제 내가 동바슬 거리를 오랫동안 배회한 것을 그는 알고 있는 것일까? SNS에 올린 사진을 본 것일까? 아니, 파리의 건축 전공자들에게 벤야민의 아케이드 연구는 기본적인 지식에 해당될 것이다. 그에게 물어보면 될 것을, 나는 입을 다문 채, 생각에 생각을 거듭하고 있었다. 손에 들고 있는 깔레의 난민촌 상황이 남의 나라 불구경하듯 보고 있지만 착잡한 마음이 안 드는 것도 아니었다. 장과의 대화에 윤중이 끼어들고 있는 것이나 마찬가지였고, 둘 사이에 느껴지는 괴리감에 아무 말도 못 하고 있는 형국이었다.

"잘 알지는 못해요. 그런데 관심이 생겼어요, 파리에서 요즘."

장이 벌써 알고 있었다는 듯이, 내 쪽으로 고개를 돌리더니, 빙긋이 웃으며 경쾌하게 좌우로 고개를 흔들었다.

길가에는 와이너리를 알리는 푯말들이 줄지어 나타났다 사라졌다. 와이너리는 미식가들을 위한 레스토랑과 호텔을 함께 운영했고, 장이 가려는 곳도 그들 가운데 하나라는 것을 짐작하고 있었다.

장이 차를 세운 곳은 언덕의 발코니처럼 툭 튀어나온 빨간 기와집 마당이었다. 차 문을 열고 밖으로 나갔다. 발 아래로 포도밭이 끝도 없이 펼쳐졌다.

〰〰〰

집 이름은 '르 발콩 뒤 페트레'. 페트레 마을의 발코니라고 장이 귀뜸해 줬다. 오각형의 빨간 기와지붕 아래 벽 한쪽을 터 나무 기둥을 세운 로지아 구조가 눈길을 사로잡았다. 이 집을 두 명이 디자인을 했는데, 그중 하나가 자신이라고 말하며 어느 부분인지 머무는 동안 맞혀 보라고 했다. 로지아에는 원목 테이블과 함께 누워서 책을 읽거나 햇빛을 쬘 수 있는 릴렉스 체어가 놓여 있었다. 지붕의 각도대로 다섯 군데 유리창이 나 있었다. 일출이든 일몰이든, 빛이 충만한 집이었다.

집으로 들어가기 전에 마당가에 장과 나란히 섰다. 페트레는 프랑스 중부, 보졸레 지역 쉬루블이라는 소읍에 있는 언덕 마을이었다. 파리까지는 차로 세 시간, 하루쯤 다녀올 수도 있는 거리였다.

⁓

장에게는 미안하지만, 짐을 풀자마자 앉은 자리에서 노트북을 꺼내 쓰기 시작했다. 끊임없이 난민에 대한 기사를 첨부해 오는 윤중에게 어떤 식으로든 반응해야 했다. 밤에 다시 읽어 보고 의미가 있으면 연재 중인 신문의 담당 기자에게 송고할 생각이었다. 글의 일부를 윤중에게 전송했다.

소설과 영화는 매체는 다르지만 서사를 기반으로 하는 공통점이 있다. 감독의 고유한 연출법을 미장센이라고 일컫는데, 발자크의 소설들에서 초기 형태를 확인할 수 있다. 소설의 첫 장면과 인물 등장 방법을 차용해 발전시킨 것이 영화의 미장센이다. 소설가로 출발해 영화감독이 된 이창동의 영화들이 첨예한 주제 의식과 미장센으로 주목받는 것도 같은 의미이다.

소설가와 감독은 추구하는 세계관, 창작관에 따라 상품이냐 예술이냐의 갈림길에 놓이게 된다. 미장센이 뛰어난 작가주의 감독의 경우 상업성과는 거리가 있다. 세상의 불편한 진실을 기록하고, 전하는 다큐 기법의 영화도 마찬가지이다. 이들은 영화제를 통해 진면목을 드러내고, 관심을 촉구한다. 칸과 베를린 영화제에서 대상을 받았던 영화 「디판」과 「Fire at sea」의 메시지가 그것이다. 이들은 모두 난민의 현실과 참상을 그린 영화들이다. 특히 「Fire at sea」는 다큐 영화인데 노벨문학상 수상작가 스베틀라나 알렉시예비치의 다큐 소설과 맥을 같이한다. 이들은 세계의 참상을 작품을 통해 정면으로 다루면서 인류애의 경종을 울렸다. 두 영화는 거대 자본에 잠식당한 영화산업과의 공존과 저항이라는 영화계의 현실을 보여 주고 있다.

윤중에게 즉시, 놀라운 답장이 날아왔다. 그는 내가 되묻고 답할 새 없이 연달아 스스로 모두 밝혔다.

- 프랑스에 갑니다.

- 내일.

- 물론, 취재차.

- 사흘 머뭅니다.

- 파리 하루, 칼레 이틀.

- 어긋나네요.

〰

당연히, 윤중과는 어긋나고야 말았다. 나는 남쪽으로,
그는 북쪽으로 움직였다. 그가 파리에서 칼레, 칼레에서
다시 파리, 그리고 서울로 돌아가는 동안, 나는 마르세이
유에서 페르피냥, 궁극적으로 피레네 국경을 넘어 포르부
를 향해 나아가고 있었다. 마르세이유에 도착하자, 난민들
과의 인터뷰로 작성된 '칼레의 정글 속에서'라는 제목의
기사가 카톡으로 배달되었다.

4

부산, 부산, 부산

한 달 만에 아버지의 시력은 제로에 가깝도록 악화되었다. 언어 장애도 심해졌다. 실명과 마비 증세가 한꺼번에 닥쳤다. 장이 목소리를 내지 않으면 못 알아볼 정도였다. 아버지는 침묵 아닌 침묵으로 일관했다. 장은 아버지의 갑작스러운 변화에 당혹감을 느꼈다. 평생 사람이나 사물을 응시하는 특유의 표정은 변함이 없었다. 그리고 송곳처럼 뾰족하던 내면의 자존심도 여전히 느껴졌다.

아버지는 70도 각도로 등받이를 올린 침대에 기대앉은 채 정면을 향하고 있었다. 190센티미터가 넘는 거구가 침대에 붙박여 있는 모습은 연민과는 다른 괴리감을 불러일으켰다.

아버지는 바닥으로 급격히 추락해 버린 것 같았다.

아버지에게 현실에서 더 이상 떨어질 수 없는 바닥은 침대였다. 장은 침대 곁으로 보조 의자를 당겨 앉았다. 그리고 말없이 아버지와 같은 방향을 바라보았다. 훅, 하고 끼쳐 오는 마음의 동요가 느껴졌다. 돌처럼 굳어져 가는 노인의 손을 잡고 싶었다. 장은 평소 느껴 보지 못한 낯선 감정에 가슴속이 뜨거워졌다. 그 끝에 한마디 툭 튀어나왔다.

"부산에 갈 겁니다."

〰

무감각한 표정으로 침묵을 지키고 있던 아버지의 양미간이 찌푸려졌다. 그리고 이내 무심한 얼굴로 되돌아갔다. 무료함 같은 것이 스며들 여지가 없는 사물의 표정이었다. 장은 스마트폰으로 몇 장의 사진을 불러내 아버지에게 보여 주었다. 흑백의 항구, 등대, 부두, 군함, 그리고 제복을 입은 청년들. 부산항 풍경이었다. 아버지는 표정 없이 이미지들을 건너다보았다. 해군 제복을 입은 한 떼의 청년들이 군함을 배경으로 걸어오는 장면에도 무표정이었다. 그

94

때까지 장은 아버지의 시력에 문제가 있다는 것을 알지 못했다.

"부산에 가면······."

장은 치밀어 오르는 연민과 억눌러 왔던 갈망 사이에서 말을 던져만 놓고 잇지 못했다. 마치 유언을 재촉해 받아내려는 사람처럼 떳떳하지 않게 느껴졌다.

부산에 가면, 찾아갈 데가 있었다. 그런데 그곳을 알려줄 수 있는 사람은 아버지였다. 간다고 해도, 그곳이 그대로 남아 있을지 알 수 없었다. 아니, 아무도, 아무것도 남아 있지 않을지도 몰랐다. 그러나 더는 늦출 수 없었다.

"무얼 해야 할까요."

뜬금없는 말이었다. 다시, 물어야 했다.

부산에 가면, 어디로 가야 하나요?

그러나 장은 잠자코 있었다. 그곳이 어디인지, 어떤 사람이 살았는지 알고 싶어 하는 것이 잘못은 아니었다. 그러나 본능적으로 그곳을, 그 어떤 사람을 발설해서는 안된다는 것을 아버지의 아들로 살면서 익혀 왔다. 그것은 금기였고, 영원한 것인 줄 알았다. 그런데 아니었다. 그것은 언제든 깨고, 파기될 수 있는 것이었다. 그것의 주체는

아버지가 아니었다. 장이었다. 그가 그것을 깨닫는 순간이
바로 그 순간이었다. 장은 아버지에게 바짝 다가앉았다.

아버지는 부산에 간 적이 없었다. 다만 제복을 입은 동
생이 보내오는 편지에서 낯선 항구의 냄새를 맡았을 뿐이
었다. 그것은 아득하게 먼 아시아의 냄새였고, 부산의 냄
새였다. 그가 결혼하기 전에 여행한 적이 있는 사이공과는
전혀 다른 분위기였다. 동생은 처음 원항 실습생의 일원으
로 부산에 발을 디딘 이후, 3년 동안 세 차례 방문했다. 모
두 개인 휴가로, 일주일간의 초단기 체류였다. 동생은 세
번째 부산 여행을 끝으로, 이 세상에서 영원히 사라졌다.

∿∿∿

장은 아버지와 마주할 때면, 처음 만났던 다섯 살 순간
으로 돌아가곤 했다. 여름이었고, 공항이었다. 장을 그곳
으로 데려간 사람은 한 번도 만난 적 없는 젊은 남자였다.
두 번 비행기를 갈아타고 파리에 도착했다. 멀미를 하듯
어지러웠고, 캄캄한 우주 속으로 빨려 들어가듯 두려웠다.

울지 않으려고 입술만 깨물었다. 비행기에서 내렸을 때, 입술 끝이 잘게 찢어져 있었고, 피가 번져 아렸다.

입국장 문이 열리자 거인처럼 키가 크고 육중한 남자가 서 있었다. 젊은 남자는 잡고 있던 장의 손을 그에게 넘겨 주었고, 몇 마디 나눈 뒤 군중 속으로 사라졌다.

육중한 남자가 다가왔다.

"부산에서 왔구나!"

사랑에 관하여

장은 부산에 간다면, 언제가 좋을까 생각해 보았다.

미나가 급하게 원고를 써야 한다고 책상에 앉자, 장은 언덕을 내려와 플뢰리 마을로 향했다. 포도밭 위로 겨울 석양이 고즈넉이 내려앉고 있었다. 책상에 단정하게 앉은 미나의 뒷모습은 세상 어떤 것에도 흔들리지 않겠다는 듯 단호해 보였다. 장은 출발 직전 보았던, 미나가 아침에 SNS에 올린 문구를 생각했다.

오전 8:01-2월 24일

Mina@like_a_novel 외롭게 사는 사람들은 항상 그 영혼 속에 기꺼이 이야기하고 싶은 무언가를 품고 사는 법이다. -체호프, 「사랑에 관

「하여」

  SNS의 흐름을 따라가 보면, 미나는 파리에서의 벤야민의 족적을 추적하는 중에 간헐적으로 체호프의 소설 문장들을 아무 코멘트 없이 SNS에 올려놓곤 했다. 어제와 오늘 이른 아침까지 미나는 체호프의 「사랑에 관하여」를 읽었다. 그리고 잊지 않으려는 듯이 사랑에 관련된 작품들을 연이어 기록해 놓았다. 모파상의 「의자 고치는 여인」, 도데의 「아를르의 여인」, 레이먼드 카버의 「사랑을 말할 때 우리가 이야기하는 것」. 미나에 따르면, 이들은 체호프의 「사랑에 관하여」와 동류들이었다. 그리고 그들 옆에 소설 한 편을 올려놓았는데, 장의 눈이 번쩍 뜨였다. 파스칼 키냐르의 『은밀한 생』이었다.

  오전 8:05-2월 24일

  Mina@like_a_novel 사랑은 잃어버린 것과 연관된다. -파스칼 키냐르, 『은밀한 생』

Mina@like_a_novel 모든 상실은 사랑을 입증한다. -파스칼 키냐르,
『은밀한 생』

미나가 SNS에 올리는 소설 문구들은 내용 따위 상관없
이 감염력이 컸다. 장은 미나의 SNS을 따라 읽다가 자신
도 언젠가는 소설을 쓸지도 모른다는 생각이 불현듯 들었
다. 처음엔 고개를 저으며 헛웃음을 지었으나, 가끔, 도로
에서 신호에 걸려 멈춰 서 있는 짧은 순간, 진심으로 다가
오기도 했다.

모든 상실은 사랑을 입증한다.

이 문장을 품었던 미나의 마음을 생각하자 쓸쓸함이 엄습
했다. 유튜브를 클릭했다. 폴모리아 악단의 「Please Return
To Pusan Port」가 맨 위에 올라와 있었다. 어젯밤 아버지
를 만나고 돌아오는 길에 듣던 곡이었다.

퐁피두센터 영화자료실에서 1980년대 부산이 배경이
된 한국 영화들을 찾다가 발견한 뒤, 조용필의 원곡을 유
튜브에서 찾아 가사를 외듯 되풀이해 듣곤 했다. 연주곡을
중단하고 「돌아와요 부산항에」를 재생시켰다. 그리고 볼

륜을 높였다.

「Woman like a Crane」이라는 영화 속의 부산 장면들이 연달아 떠올랐다. 탑, 광장, 부두, 출렁다리, 역, 그리고 동양적인 이목구비가 분명한 두 남녀.

영화의 한국어 원제는 학을 닮은 여인, 「학녀」였다. 그것을 장에게 자세하게 알려 준 것은 시네마테크에서 만난 성현이었다. 성현은 불교 철학으로 논문을 쓰고 있는 가난한 유학생이었다. 그러고 보니 성현을 만난 지가 한 달이 넘었다. 미나와 함께 셋이 만날 수도 있었다. 그러나 그렇게 되면 자신이 소외될 것 같은 유치한 기분이 본능적으로 들었다. 둘이 아닌 셋의 만남을 그는 체질적으로 좋아하지 않았다.

기욤이 태어난 이후 그는 어머니와 기욤, 또는 아버지와 기욤 사이에서 옆으로 밀려나 구경꾼이 되어 버린 것 같은 기분을 어쩔 수 없이 느끼곤 했다. 그것을 감추기 위해 기욤에게 태연한 척하느라 안간힘 쓰던 시절이 떠올라 허탈한 웃음이 나왔다.

부산을 배경으로 한 영화들을 수집하듯이 찾아보았다. 최근의 부산 영상보다 1980년대, 그 이전을 배경으로 하는 영화거나 그 이전에 찍은 흑백영화 속의 부산을 집중적으로 보았다. 그중에 「학녀」는 컴퓨터 화면에 띄워 놓고 열어 보곤 했다.

「학녀」는 흑백영화라는 것, 1970년대라는 것이 하나의 고유한 세계로 다가왔다. 영화가 거느린 계절감은 늦가을이었다. 낯선 남녀가 부산에서 우연히 만나 하루를 보내고 헤어지는 내용이었다. 학 같은 여자의 고고함과 외로움이 하룻밤 불같은 사랑으로 충돌하고 파멸하는 이야기였다.

여배우의 얼굴을 보는 순간 찌르듯이 강렬하게 뇌리에 박혔다. 그녀가 풍기는 강렬함이란 너무나 친숙해서 오히려 낯선, 이상한 감정이었다. 윤기 나는 까만 머릿결과 까만 눈썹, 까만 눈동자. 생래적인 것이라 해야 할지, 선험적인 것이라 해야 할지, 신비로웠다. 범접할 수 없는 정숙미와 외로움이 흑백사진의 완강한 속성과 50여 년이 흐른 시간의 덧없는 무게로 착색되어 있었다.

부산역을 높은 위치에서 조망한 장면 속에 광장을 걸어가는 여주인공의 쓸쓸한 뒷모습을 오래 눈에 익혔다.

여배우가 누구인지, 아직 살아 있는지, 필모그래피를 찾았다. 생애 이력을 읽다가 깜짝 놀랐다. 그녀 이름은 윤정희, 놀랍게도 1973년부터 파리에서 살다가, 지난달 세상을 떠난 것으로 기록되어 있었다.

〰〰

소성당 문이 닫혀 있었다.

멀리에서 보면 완만한 구릉 위에 한 점 점처럼 보이지만, 정작 좁은 비탈길을 운전하고 올라가다 보면 경사가 급격해져서 바짝 긴장하곤 했다. 차에서 내릴 때면 바퀴만큼이나 온몸은 열기에 휩싸여 있었고, 두 손은 땀이 흥건했다.

차에서 내리자마자 벽 쪽으로 성큼 걸어갔다. 그러고는 벽을 따라 성당을 한 바퀴 돌았다. 파란 수국이 한창 피어 있었는데, 지금은 메마른 줄기만이 저녁 바람에 흔들리고 있었다.

전망대처럼 사방이 툭 트여 있었다. 소성당 안으로 들어가니 동굴처럼 은밀하고 아늑했다.

앞마당에서 발아래 펼쳐진 포도밭과 플뢰리 마을을 내려다보았다. 조금 전 페트레의 발코니에서 미나랑 서 있던 것과 같은 방향, 같은 포즈였다. 부르고뉴의 크고 작은 와이너리들이 이 작고 호젓한 소성당을 중심으로 고즈넉하게 자리 잡고 있었다.

몇 해 전 에릭을 따라 처음 이곳에 왔을 때, 누군가와 다시 사랑을 하게 된다면 단둘이 언약식을 치르고 싶다는 생각이 뜬금없이 들었었다. 10년에 걸친 클레르와의 관계가 끝나 가던 때였고, 당분간 쉬고 싶은 심정이었는데, 소성당 지붕 끝에 안을 듯 두 팔을 벌리고 서 있는 성모상 때문이었는지, 마음이 흔들린 것이었다.

에릭은 지금 미나가 앉아 원고를 쓰고 있는 페트레의 오각형 지붕을 설계한 파트너였다. 베르사이유 건축학교 동기였다. 그는 졸업과 동시에 고향인 부르고뉴로 내려와 아버지의 건축사무소를 맡아서 운영했다. 대학 시절 그의 아버지 아드리엥 발스 밑에서 여름방학 인턴으로 근무한 적이 있었다. 주말이면 그를 따라 부르고뉴 일대와 그 옆 프랑슈콩테 지방의 크고 작은 도시들을 답사했다. 디종, 본느, 돌, 브장송, 마콩 등 인근에 있는 웬만한 고건축들은 아드리엥 발스 건축사무소가 관리했다.

장은 스마트폰에 저장해 놓은 사진을 불러냈다. 한복을

입은 윤정희의 모습이었다. 「시」라는 영화로 칸 영화제에 초청받아 왔을 때 입었던 옷이었다. 파란 저고리의 하얀 깃. 미나가 한복을 입은 모습을 상상하다가 어두워지기 전에 내려오려고 자동차 쪽으로 걸어갔다. 그때 비탈길을 가파르게 밀고 올라오는 엔진 소리가 들렸다.

도라, 도라, 도라

니스 해변은 온통 복숭앗빛으로 물들었다.

동쪽 해안 끝에서 해가 반달 손톱 모양으로 떠오르고 있었다. 미나와 나란히 해변에서 일출 순간을 지켜보았다. 해가 수평선 위로 쑥 빠져나오면서, 두 사람의 등 뒤, 영국 인 산책로를 따라 해변 풍경이 조명을 받은 듯 환하게 살 아났다.

해가 떠오르는 곳은 이탈리아 쪽 리비에라 해안, 그 너 머는 산 레모였다. 장은 파리를 떠나 남쪽으로 향하면서, 산 레모까지 갈 줄은 몰랐다. 그는 부르고뉴에서 느긋하게 며칠 묶을 생각이었다. 그러나 미나의 뜻에 따라 다음 날 아침 마르세이유로 향했다. 늦은 오후를 마르세이유 항구에서 보내고, 밤늦게 니스로 향했다. 그리고 아침 식사를 마치자 곧바로 산 레모로 넘어갔다.

부르고뉴에서 다른 것은 몰라도 미나를 플뢰리 언덕의 소성당으로 데리고 가지 못한 것이 아쉬웠다. 미나가 한국으로 돌아갈 날짜를 환기시키지 않았다면, 하루쯤 그에게 맡겨도 되지 않느냐고 제안했을 것이었다.

어제 해질녘 소성당에서 만난 성당지기 영감에게 다음 날 같은 시간에 오겠다고, 그러면 밤까지 성당 안에 있게 해 달라고 부탁했었다. 성당지기 영감은 어제처럼 엔진 소리를 요란하게 울리며 비탈길을 올라와 어두워지도록 장을 기다리고 있었을 것이었다.

장은 파리로 올라가는 길에 들르는 방법을 생각했다. 그러나 영감은 일주일에 한두 번 성당에 오기 때문에, 만날 수 있을지는 알 수 없었다.

장은 모나코를 중심으로 망통, 인근의 웬만한 항구들은 자주 돌아보았으면서도 산 레모 쪽으로 국경을 넘는 일은 드물었다. 야자수가 길 양쪽으로 펼쳐졌다. 포구에 이르자 요새가 자리 잡고 있었다. 그 옆에 수령이 오래된 올리브 나무가 세 그루 서 있었다. 요새 앞 식당 이름이 올리비에,

그러니까 올리브나무라는 집이었다. 둘은 그곳에서 이른 저녁 식사를 했다. 식당에는 그들 이외 아무도 없었다. 이곳 사람들이 저녁을 먹기에는 너무 이른 시각이었다. 장은 지중해식 홍합탕, 미나는 니스식 샐러드에 현지 와인을 곁들였다.

저녁 식사가 끝난 뒤, 둘은 식당 앞 공원 가에 차를 주차시켜 놓고 걷기 시작했다. 미나는 산 레모라는 이름에 얽힌 어린 시절의 추억을 들려주었다. 먼 곳, 외국에 대한 동경이 컸던 할머니와 엄마로부터 물려받은 기억이었다. 미나는 스마트폰을 꺼내 흑백 유튜브 영상을 불러내 들려줬다. 들은 기억은 없는데, 첫 소절이 귀에 닿자마자 들은 듯한 향수를 불러일으키는 멜로디였다. 노래 제목이 「마음의 집시」였다. 나다라는 여가수가 부른 칸초네, 이탈리아 대중가요였다.

"외할머니와 엄마가 좋아하던 노래였죠, 아주 오래 전에."

장은 웬만큼 이탈리아어를 해독할 수 있었다. 읊조리는 듯한 멜로디는 저녁 산책과 잘 어울렸다.

"외할머니와 엄마가?"

장이 걸음을 멈추지 않고 한국어로 물었다.

"맞아요. 외할머니와 엄마가."

그러자 미나가 고개를 끄덕이며 덧붙였다.

"함께 살았거든요, 자매처럼."

"자매처럼!"

그 말에 압축된 삶을 헤아리기라도 하듯이 장의 발걸음이 느려졌다. 미나는 아랑곳 않고 걸었다. 장은 외할머니에 대해 아는 것이 없었다. 그것이 이상하다고 생각한 적도 없었다. 그런데 외할머니라는 분은 살아 있을까? 부산에? 장은 느닷없이 쏟아진 질문처럼 외할머니에 대한 생각으로 혼란스러웠다. 미나가 뒤를 돌아보았고, 장은 두어 걸음 성큼 걸어 미나와 보폭을 맞추었다. 산책 나온 노인들이 슬로모션으로 연기하는 마임 배우들처럼 느릿느릿 걸어가다가 발길을 멈추고 노래가 흘러나오는 두 사람 쪽을 돌아보았다.

내게 무슨 잘못이 있나요. 마음이 떠도는 집시인걸요?
묶어 두려 하지 마세요. 마음이 떠도는 집시랍니다.

때로, 전혀 다른 세계에서 살아온 사람이 같은 멜로디

를 기억 속에 담고 있는 경우와 마주치곤 했다. 또는 전혀 다른 공간에서 아주 익숙한 노래를 낯선 언어로 듣는 경우가 있었다. 모스크바에서 상트 페테르부르크행 야간열차 식당 칸에서 들려오던 세르주 라마의 「사랑의 아픔Je suis malade」은 장이 애창하는 샹송이었으나, 러시아 가수의 음색과 러시아어가 입혀져 이질적으로 들렸다.

"이 노래가 세상에 알려진 게 이곳, 산 레모라죠. 노래 때문은 아니고, 산 레모라는 곳, 어릴 적부터 꼭 한번 와보고 싶었어요."

연어빛을 띤 항구의 저녁 하늘을 멀리까지 바라보며 미나가 말했다.

"외할머니는 야자수와 카지노가 있는 이탈리아의 이 작은 항구를 어떤 연유로 꿈꾸었을까요?"

카지노 쪽으로 발길을 이끌며 장이 물었다. 산 레모는 프랑스에서는 동쪽 국경 너머 작은 포구, 이탈리아에서는 서북쪽 해안 끝 포구였다. 카지노는 산 레모 국제가요제 개최 장소로 이곳의 상징물이었다.

"프랑스어인지 이탈리아어인지, 샹송인지 칸초네인지 구별할 수는 없어도, 뭔가 낯선 것, 먼 곳에 대한 동경이 있었어요. 제가 아니라, 외할머니가요. 엄마두요."

장은 미나에게, 외할머니와 엄마는 어떤 분들이신가요, 묻고 싶었지만, 그렇게 되면 자연스럽게 자신의 외할머니와 생모에 대해 되물어지거나 토로해야 할 것 같아서 노래에 집중했다.

1년이 지나고 어느 날 밤 당신을 보았지요. 웃었고, 웃었어요. 내 마음을 당신이 알고 있음에 내 마음은 무거워졌지요. 흔들렸고, 흔들렸지요. 오늘 밤 함께 있자고 당신은 말했어요. 당신은 내가 '예' 하고 대답할 거라고 생각했겠지만…….

"이혼한 전처에게 가는 남자의 심리란 어떤 것일까요."

미나가 외할머니와 엄마 이야기를 꺼내는가 싶었는데, 정작 장에게 던진 질문은 전혀 다른 것이었다.

"굼백화점이라고 했던가요? 모스크바에서 자주 갔다던."

어제 파리에서 부르고뉴에 이르도록 장은 미나에게 모스크바 이야기를 했었고, 그중 굼백화점에 이르러 흥분 속에 열변을 토했던 기억이 났다. 미나는 발터 벤야민이 두 번에 걸쳐 산 레모에 머문 사실을 이야기하며, 한국인의 정서로는 이혼한 전처의 집에 찾아와 머무는 것을 받아들이기가 쉽지 않다고 말했다.

노래는 끝이 났고, 미나는 도라에 열중했다. 미나가 부르고뉴에서 서둘러 마르세이유로, 이어서 니스에서 곧바로 산 레모로 장을 이끈 이유가 분명해졌다.

산 레모에서 미나의 관심은 벤야민이 아니라 도라에 있었다. 도라는 기자이자 작가, 번역가였다. 벤야민은 책을 출간할 때마다 애인에게 헌정했는데, 첫 책의 헌정 대상이 바로 도라였다. 오갈 데 없는 전남편을 끝까지 저버리지 않은 여자, 도라. 이혼한 전처를 다시 찾는 남자, 사랑의 감정이 휘발된 옛 애인의 집에 머무는 남자의 심리와 행동은 무엇인가. 미나는 장의 대답을 기다리는 듯했다. 장은 그것이 특별한 남자의 특이 심리와 행동으로 여겨지지 않았으나, 미나가 단도직입적으로 물어 오는 바람에 쉽게 대답을 하지 못했다.

클레르와 처음 사귀는 동안, 클레르가 관계했던 옛 연인들을 모임에서 소개받기도 했고, 바캉스를 함께 가기도 했다. 장은 경우에 따라 껄끄럽기도 했지만, 부자연스럽게 행동한 적은 없었다. 그것은 장에 관한 한 클레르도 마찬가지였다. 시간이 흐르면서 흔들리고, 이탈하고, 찢고, 달아났던 마음들 한편으로, 바위처럼 굳건하게 우정의 감정이 자리 잡았다.

동성 간이든 이성 간이든, 우정은 하나의 역사였다. 장은 그것을 어떻게 설명해야 할지 갈피를 못 잡고 있었다. 미나도 굳이 장의 대답을 듣기 위해 던진 질문은 아닐 것이었다. 벤야민이 두 번째 애인 아샤를 만나기 위해 모스크바에 갔다가 굼백화점에서 촉발된 파사젠베르크, 곧 아케이드 프로젝트의 구상의 틀을 잡은 곳은, 요새가 있는 작은 포구 산 레모, 이혼한 전 아내 도라의 집에서였다.

카지노의 육중한 담을 지나가며 미나가 구글맵으로 도라가 세 들어 살았던 빌라 베르드를 확인했다. 벤야민은 1935년 2월부터 5월까지 112일째 밀폐 상태로 그녀의 하숙집에 얹혀살았다. 해변로를 따라 15분, 1킬로미터 거리였다. 미나가 걸음을 서두르며 한발 앞서 나갔다.

5

세트

해안가를 에돌아 언덕의 묘지로 올라서자 가없는 바다
위로 오후의 태양빛이 쏟아지고 있었다. 장은 산 레모에서
페르피냥으로 향하는 중간에 두 번 고속도로를 빠져나갔
다. 그는 매번 식사를 위한 것이라고 말하며 핸들을 꺾었
다. 점심 식사를 위해서는 몽펠리에로, 저녁 식사를 위해
서는 세트로 진입했다. 식사를 위해서라고 했지만, 방문의
본뜻은 다른 데 있었다. 그렇다고 부르고뉴나 니스에서처
럼 자신의 작업 공간과 관계된 것은 아니었다. 몽펠리에와
세트, 두 곳은 항구이자 시인 폴 발레리의 고장이었다.

검은 종이 매달린 하얀 철문 안으로 발을 들여놓았다.

대리석 십자가와 묘석들이 언덕을 하얗게 수놓고 있었다. 꿈을 꾼 적이 있었던가. 이 장면, 이 느낌이 낯설지 않았다. 그러나 나는 이런 형식의 묘지 안으로 발을 들여놓은 적이 없었다.

하늘은 구름 한 점 없이 파랬고, 바다는 하늘의 푸름을 고스란히 되비치고 있었다. 그사이 셀 수 없이 많은 십자가들이 셀 수 없이 많은 물결을 향해 깃발을 흔들 듯 죽음을 되새기고 있었다. 석양빛에 반짝이는 물결들은 마치 새들의 쉼 없는 날갯짓처럼 파르르 떨고 있는 듯 보였고, 귀를 기울이면 부리에서 새어 나오는 끼룩끼루룩 소리를 들을 수 있을 것 같았다.

비둘기가 스치고 날아간 것인지, 바람이 불기 시작한 것인지, 방금 지나온 하얀 철문에서 종이 흔들리며 내는 소리가 들렸다. 그 소리는 순간적으로 대낮의 환각에 휩싸여 있던 나를 일깨웠다. 그러자 바로 앞에서 걷던 장이 멀찍이 떨어져 사이프러스 나무가 둘러쳐져 있는 묘석 앞에 서 있는 것이 보였고, 귓전에 부서지는 것은 새떼들의 날갯짓이나 울음소리가 아니라 내 발걸음이 내는 단조로운 발소리인 것이 분명하게 들렸다.

　장이 서 있는 사이프러스 나무 앞으로 단숨에 걸어 올라갔다. 내가 숨을 고를 새도 없이 그가 사이프러스 나무를 등지고 돌아섰고, 나도 그와 나란히 돌아섰다.

　하늘과 물결과 십자가들이 제 빛 속에 거뭇거뭇해졌다.

　세상이 정지한 듯 고요했다.

〰

　"대학 때 만난 나오미란 일본인 교환학생은 세트에 가는 것이 꿈이었어요."

　장이 덤덤하게 말했다.

　"나오미."

　나도 혼잣말처럼 덤덤하게 말했다.

　"그래요 나오미. 그러고 보니, 미나랑 뭔가 어감이 비슷하게 들리네요."

　내 이름은 아름다울 미美에 소라 나螺, 아름다운 소라라는 뜻이다. 나오미는 아마, 심을 식植에 아름다울 미美, 아름다움을 심는 사람이라는 뜻일 것이다. 내 이름자에 비단

羅이 아니라 소라螺가 들어간 것은, 나중에 안 사실이지만, 흔한 작명은 아니었다.

"그때 나는 세트가 어디에 있는지 알지 못했어요. 당연히 그녀가 왜 그곳에 가려 하는지 의아했죠. 니스나 모나코가 아니고 말이에요. 그때 교환학생으로 일본 학생 몇 명이 더 왔다 갔는데, 나오미라는 그녀 이름은 가끔 기억이 나요. 여기 지중해 쪽으로 바캉스를 생각할 때에는 세트를 떠올리곤 했는데 와 보긴 처음이에요."

오래전 나오미라는 일본인 교환학생의 꿈이 나에게까지 영향을 미치고 있었다. 얼굴도 눈빛도 목소리도 말투도 모르는 그녀지만, 가깝게 느껴졌다. 그런데 정작 그녀는 그때 이곳에 왔을까. 장은 그녀가 일본으로 돌아간 뒤 연락이 닿지 않아서 확인할 수 없었다고 했다.

Le vent se lève.

Il faut tenter de vivre.

장은 분명한 발음으로 세 번 말했다. 아니, 낭독했다. 그리고 나서 폴 발레리의 시 「해변의 묘지」의 마지막 문장

이라고 덧붙였다. 지금 우리가 서 있는 이곳이 바로 그 시
의 무대라고 했다. 굳이 번역을 하지 않아도, 나에게도 익
숙한, 툭 스치기만 해도 저절로 살아 나오는 문장이었다.

바람이 분다.
살려고 애써야겠다.

우울증에 시달리던 스물한 살 나오미의 목숨을 구해 준
결정적인 것이 이 문장이었다는 것을 장은 기억에서 되살
려 들려주었다.
"그때까지 시라는 것을 막연하게 무용한 것으로 여기는
버릇이 있었죠. 그런데 나오미의 이야기를 듣고 달리 생각
하게 되었어요. 누군가에게는 없어도 그만인 것이, 누군가
에게는 생명을 구하는 것이 된다는 것을."
마치 누군가의 흔적이라도 찾으려는 듯이 장은 묘석 주
위를 돌아보았다. 사이프러스 나무 밑둥치에 조약돌과 꽃
잎들, 그리고 노트를 찢어 그 위에 펜으로 흘려 쓴 메모 조
각들이 끼여 있었다. 메모들에는 비와 안개, 햇빛과 달빛
이 지나간 흔적이 얼룩으로 배어 있었다.

장이 메모들을 읽었다. 시를 적어 놓은 것도 있고, 발레리에게 인사를 건네는 안부도 있었다. 메모를 남긴 이들은 라트비아에서 온 사람도 있고, 멕시코에서 온 사람도 있고, 인근 몽펠리에, 스페인 말라가, 일본 오키나와 등 다양했다. 장이 그중 하나를 내게 건네주었다. 쪽지가 아니라 이곳을 다녀간 한국의 어느 여성 작가가 문예지에 발표한 기행문의 일부였다. 제목은 「세트, 죽음 혹은 삶이 시작되는 바다」였고, 작가명은 찢겨 나가 알 수 없었다. 파란색 볼펜으로 이름과 날짜가 지면 위에 큼직하게 휘갈겨 씌어 있었다. 이곳에 도착해 쓰고 그대로 찢어 접어 놓고 간 것이 역력했다. 작성자는 한국의 수연이라는 여성이었고, 그녀가 다녀간 것은 불과 사흘 전이었다. 내용을 꿰맞추어 훑어보았다.

〰〰〰

오래전 시 한 편에 홀려 비행기를 탄 적이 있었다. 남프랑스 지중해 언덕에 펼쳐진 해변의 묘지를 찾아가기 위해서였다. 세트에 가면, 검푸른 바다 위로 정오의 태양이 내리쬐고, 그 그림자 죽음처럼 고요히 살굿빛 기와지붕을 타넘을 때, 나는 아주 작은 검은 고양이가 되어 소리도 없이 그 옆을 지나가리라 꿈꾸었다.

온통 황금빛으로 일렁이던 20대 청춘 시절에 나는 왜 죽은 자들의 집을 꿈꾸었을까. 그리도 일쩍 죽음을 삶(生)으로, 이상(문학)으로 품었을까. 「해변의 묘지」에 그 해답이 있을까? 묘지 길 양편으로 흰 대리석 묘들이 움직일 수 없는 진리처럼 정연하게 자리를 지키고 있었다. 맞은편 바다 역시 그 대리석들만큼이나 흰 빛의 무덤으로 변해 있었다.

발레리와 마주한 일 이 분의 짧은 시간이 영원처럼 아득하게 느껴졌다. 현기증에 휩싸여 묘석에 걸터앉았다. 사이프러스 나무 울울히 서 있는 등 뒤에서 한 영혼이 내 빈약한 어깨를 어루만지듯 말을 걸어오는 것 같았다. '나는 순수한 너를 너의 제일의 자리로 돌려놓는다. 스스로를 응시하라!'

〜〜〜

누군가의 죽음이 새겨진 묘석들을 따라 걷는 일은 낯선 경험이었다. 어떤 죽음은 100년도 더 전에 일어났고, 어떤 죽음은 일주일 전, 또는 사흘 전에 일어난 일이었다. 우리는 묘지 밖으로 나오도록 아무 말도 하지 않았다.

장이 내 앞에서 걷다가 하얀 철문에 이르자 비켜서서 나를 먼저 내보냈다. 그리고 자신도 뒤따라 나오며, 하얀 철문에 매달려 있던 검은 종을 손등으로 가볍게 툭 쳤다. 그러고는 한 번, 두 번 연달아 종을 쳤다.

우리는 종소리를 들으며 해변의 묘지를 내려왔다.

오후 4시경이었다.

페르피냥

전시실은 텅 비어 있었다.

아침 식사를 마치고, 구도심에 있는 생 장 대성당과 수도원 묘지, 마조르카 왕궁 요새까지 둘러본 뒤, 떼 강 쪽으로 내려와 현대미술센터 쪽으로 향했다. 두 시간에 걸친 긴 산책이었다. 부슬부슬 비가 내렸고, 우비를 입고 걸었다.

도로 표지판이나 명소 안내 게시판에는 프랑스어와 스페인어가 병기되어 있었다. 어제 오후 고속도로를 빠져나오면서 맞닥뜨렸던 빨강 노랑의 깃발 문양들이 프랑스라기보다는 스페인에 도착했음을 환기시켜 주었다. 구도심의 붉은 벽돌 건축물들은 스페인적인 분위기를 띠었다. 이곳은 피레네 산맥의 프랑스 쪽 카탈랑 지방이었고, 산맥을 넘어 가면 스페인의 카탈루니아 지방이었다.

페르피냥에 발터 벤야민의 이름을 딴 전시 공간이 있었다는 것을 알려 준 것은 윤중이었다. 오랫동안 방치되었던 시 고건축을 2013년 새 단장 하면서 벤야민의 이름을 부여했는데, 개관에 맞추어 '발터 벤야민, 역사의 천사'라는 특별 전시회가 열렸던 것이다.

페르피냥의 베스티 광장에 있는 현대예술센터CAC는 5월 18일까지 "역사의 천사 발터 벤야민" 전시회를 개최한다. 1940년 9월 26일 포르부에서 스스로 목숨을 끊은 독일 유대인 철학자의 사상과 영감을 담은 여행으로의 초대이다.

전시는 옛 파리와 거리, 파사주(통로)를 발터 벤야민이 플라뇌르가 되어 성찰하는 것으로 출발한다. 그는 오스망의 파리, 백화점, 증권거래소, 철도, 미래의 꿈과 바리케이드에 대해 질문한다. 그는 파리 코뮌의 철제 건축물과 만국박람회와 대면한다. 그는 이론과 진보, 권태, 나태, 보들레르와 영원 회귀 사이의 연관성을 정립한다. 그는 도시와 꿈의 집을 산책하면서 꿈과 각성에 대한 개념을 공식화한다. 시간과 역사에 대한 이러한 새로운 접근은 전시를 역동적으로 만들어 박물관, 회화, 사진, 영화 그리고 모든 형태의 기술적 재현에 대한 비판적 이론으로 이끈다. 그는 현대성이라는 용어를 완전히 재구성한다.

이 전시는 20세기 다양한 전체주의의 폭력과 비인간성에 직면하여 "모든 문화의 기록은 동시에 야만의 기록"이라고 말하고자 했던 벤야민의 소중한 주제들 가운데 '통로'를 안내하는 방식으로 구성된다.

— 티에리 그리에, 「발터 벤야민 전시 개막되다」, 『앙데팡당』, 2014. 2. 23.

윤중이 보내온 이 기사에는 몇 컷의 사진이 실려 있었다. 그중 내 눈을 사로잡은 것은 적갈색의 낡은 '서류 가방'이었다.

가방은 길주룸하게 긴 사각형으로 지퍼가 열린 채 안은 텅 비어 있었다. 평생 원고를 넣어 분신처럼 들고 다녔던 서류 가방이 역사의 절벽 앞에서 끝낸 그의 생을 불멸로 부활시키고 있었다.

풍당베스티 광장에 있는 현대미술센터로 향했다. 벤야민의 서류 가방을 실물로 보고 싶었다. 현대미술센터는 윤중의 말대로 2013년부터 2021년까지 발터 벤야민의 이름을 붙여 '발터 벤야민 현대미술센터'였다. 그런데 이 독일 철학자의 가문과 지식인 협회에서 이름 사용 거부권을 제기하여 승소함에 따라 발터 벤야민을 없앤 상태였다. 이런 상황에서 오래전 기획전에서 선보였던 서류 가방을 볼 수 있으리라고는 기대하지 않았다.

기획전 '분해된 그림들'이 열리고 있었다. 예상대로 가방은 없었다. 윤중에게 전시장을 찍어 카톡으로 보냈다.

그리고 혼잣말처럼 한마디 써 보냈다.

 - W의 서류 가방은 어디로 갔을까.

그러자 윤중의 즉답이 왔다.

 - W의 서류 가방. 제이 파리니 재구성. 피레네, 포르부, 간선도로.

윤중은 1분 간격으로 벤야민의 서류 가방에 대한 제이 파리니의 『벤야민의 마지막 횡단』에서 묘사하고 있는 부분을 잇달아 보내왔다. 길은 돌로 가득했고, 갑자기 내린 비는 길 곳곳에 실개울을 만들어 놓았다. 나는 텅 빈 전시장 한복판에 서서 페르피냥에서 피레네 국경을 넘어 포르부에 이르기까지 벤야민의 목숨을 건 횡단 속에 등장하는 서류 가방의 행로를 숨 가쁘게 읽었다. 구를란트 부인은 선두에 서서 일행을 이끌었고, 벤야민은 그의 서류 가방을 들고 있는 호세 옆에서 절뚝거리며 걸어갔다. 기묘한 독서였다. 그들은 포르부로 통하는 간선도로로 가는 길에 허리 높이의 적갈색 꼴풀이 빽빽한 들판을 만났다. 필사를 해서 보내는 윤중이나, 그것을 받아 읽는 나, 묵독회의 연장 같았다. 벤야민은 고개를 끄덕였고, 서류 가방에서 아제마 촌장이 연필로 그려 준 지도를 꺼냈다. 윤중이 보내오는 제이 파리니가 소설로 재구성한 벤야민과 서류 가방 부분을 읽다 보니, 투명한 유리 막에 가로막힌 듯한, 눈에 그려지지만 직접 만져 촉감을 느낄 수 없는 답답함이 일었다. 그들은 지도에 그려진 지시 사항들을 주의 깊게 따라가며, 작은 거리들의 미로를 실로 꿰듯이 요리조리 헤쳐 나갔다. 윤중과 간절곶을 향해 달려가던 지난 12월 새벽의 밤공기가 살갗 깊숙이 스미어 있다가 되살아나듯 잔소름이 돋았다. 마을 사람들 모두 저녁 식사 중이었기 때문에 거리는 텅 비어 있었다. 계속 도착하는 소설 문장들을 끊고, 스타카토로 몇 음절 보냈다.

- 포르부. 한 시간 거리. 어쩌면 그 안쪽.

- 이제 정말. 가는군요. 포르부.

- 네, 가요. 왜 가는지 모른 채.

- 가면 알게 될 거예요.

- 다 알아 버린 느낌이에요.

- 어떻게, 그렇게.

- 알고 싶지 않은 것일지도 몰라요.

- 어떻게 할까요.

- 마음이 시키는 대로.

- 마음.

- 어젯밤에 읽은 시 구절. "그렇다면 나는 싫지만, 오 태양이여, 네가 너를 알기 위해 오는 곳, 내 마음을 나는 사랑해야 한다."

- 어려워요. 마음. 프랑스 시인이 쓴 시죠.

- 폴 발레리. 이곳 출신.

- 태양은 어떤가요, 오늘, 지금, 거기.

- 비, 추적추적.

- 겨울비.

현대미술센터에서 밖으로 나오자 비가 그쳐 있었다.

장과의 약속 시간에 맞추어 바사 강 근처에 있는 여행 안내소 쪽으로 걸어갔다. 그는 중세 건축 유산인 수도원 묘지의 내부를 돌아보아야 했고, 나는 벤야민의 공간을 놓칠 수 없었다.

여행 안내소는 종려나무가 즐비하게 우거진 공원 안에 있었다. 건물로 들어가려다 올리브 한 그루가 눈에 들어와 그쪽으로 발길을 옮겼다. 키는 작달막하지만 규모가 웅장했다.

수령이 수백 년은 되어 보였다.

나무 아래 바윗돌이 놓여 있었다. 울퉁불퉁한 재질을 그대로 살린 기념석이었다. 구리판에 낯익은 이름이 새겨져 있었다.

알제리(1954-1963)에서 실종된 사람들을 기리며
오직 진실만이 불의와 맞설 수 있다

알베르 카뮈

알제리 출신의 프랑스 작가 알베르 카뮈의 전언은 발터 벤야민 기획전에서 울려 퍼졌던 내용과 다르지 않았다. 장을 기다리며 종려나무 아래에서 W의 분신과도 같았던 서류 가방을 구를란트 부인에게 맡기는 장면을 읽었다. 1940년 9월 26일 밤. 그는 구를란트 부인에게 가망 없는 자신을 두고 서둘러 떠날 것을 재촉하며 뉴욕의 아도르노에게 서류 가방을 보내 줄 것을 부탁했다. 구를란트 부인과 그 아들 호세는 포르부에서 포르투갈행 새벽 첫 기차를 타야 했다. 그리고 무사히 포르투갈에 닿는다면, 벤야민이 그토록 꿈꾸었던 미국행 비행기에 오를 수 있을 것이었다.

그들은, W의 서류 가방은, 어떻게 되었을까.

저녁 식사 중인지 윤중은 잠잠했다.

그날 전시되었던 서류 가방이 그날 새벽 벤야민의 품을 떠난 것인지 확인하고 싶은 생각이 문득 들었다. 전시회에 공개된 적갈색의 낡은 서류 가방 사진이 실린 티에리 그리예의 기사를 다시 열어 보았다. 사진 아래 캡션을 읽지 않은 것을 깨달았다. 사진에는 가에탕 고랑의 '사라진 원고에 대한 은유'라는 제목이 달려 있었다. 벤야민의 사라진 가방에 대한 오마주 작품을 실제 유품으로 너무 쉽게 착각해 버린 것이었다. 그만큼 벤야민이란 늪에 나도 모르게 빠져 버린 것으로밖에 설명할 방법이 없었다. 뜬금없이 빠려 든 사랑처럼.

"모든 문화의 기록은 동시에 야만의 기록이다."

기사의 마지막 문장에서 눈을 떼지 못한 채 다음 행선지를 생각했다.

〰〰〰

페르피냥에서 포르부로 향하는 114번 국도는 피레네 산자락이 지중해와 만나는 기슭을 따라 굽이굽이 이어졌다. 바닷가 포구 기슭마다 마을이 끝나는 지점에는 어김없이 하얀 갈매기 떼처럼 옹기종기 모여 있는 해변의 묘지가 나타났다 사라지고, 피레네 산간 특산 와인을 알리는 대형 광고판과 전망대가 나타났다 사라졌다. 수많은 포구들을 품은 기슭을 오르고 내리며 차는 국경으로 달려갔다.

6

포르부

포구는 두 개의 해안 기슭 사이에 호선형으로 자리 잡고 있었다. 장은 해변로 중앙에 있는 호텔 라 마시아 앞에 주차했다. 미나는 페르피냥 안내소에서 받은 지도를 접어 가방에 넣었다. 정오가 가까웠으나, 창문들이 굳게 닫혀 있었고, 오가는 사람이 눈에 띄지 않았다.

날이 흐렸다.

호텔 라 마시아는 1층은 레스토랑, 2층은 숙소였다. 미나는 차에서 내리자 해변 쪽으로 가지 않고, 반대 방향, 호텔 오른쪽으로 꺾어 들어갔다. 장은 유리창으로 레스토랑 안을 들여다보았다. 꽤 넓었고, 침침했다. 여름이라면 해변까지 테이블을 내놓았을 텐데, 휴업 중인지, 카운터에도 테이블에도 아무도 없었다.

장은 미나가 사라진 쪽으로 발길을 옮겼다.

완만한 오르막길 양옆으로 집들이 늘어서 있었다. 주욱 걸어가면 역이 나온다고 표지판이 안내하고 있었다. 금세 뒤따라왔는데, 미나의 모습이 보이지 않았다. 장은 발길을 돌려 해변 쪽으로 걸어 내려갔다.

갈매기 두 마리가 경쟁하듯 앞서거니 뒤서거니 허공을 휘저으며 날아다녔다. 그들 뒤로 서너 마리 어린 새들이 따라 날았다. 해변에는 산책로가 나 있었고, 그 아래 자갈돌이 깔려 있었다.

생각보다 물결이 사나웠다.

장은 새들의 비상을 눈으로 쫓다가 호텔 쪽으로 돌아보았다. 가까이에서는 몰랐는데, 떨어져 보니 호텔의 외관이 특이했다. 건물 지붕 위로 거대한 고송이 솟아 있었다. 고송의 우듬지 형상이 부채꼴 같기도 했고, 뭉게구름 같기도 했다.

미나의 모습은 여전히 보이지 않았다.

장은 작고 매끄러운 조약돌을 주워 바다를 향해 물수제
비를 날렸다. 한 번, 두 번. 장은 물수제비 날리기에 열중
했다. 오래전 감각이 되살아났다. 가족 바캉스로 영불해협
의 작은 항구 에트르타에 갔던 때가 언제였던가. 열 살 무
렵? 기욤이 세 살, 네 살 때였던가. 코끼리 형상의 절벽이
바다로 쭉 뻗어 있는 그곳 해변에도 자갈돌들이 깔려 있었
다. 함께 갔던 외사촌 올리비에와 프랑수아즈 생각도 났
다. 올리비에는 열네 살, 프랑수아즈는 아홉 살. 그 애들의
엄마, 그러니까 외숙모는 영국인이었다. 외삼촌네 식구들
은 앤이라고 불렀고, 장의 가족은 안느라고 불렀다. 안느
외숙모는 생선 가시를 삼킨 것처럼 늘 불편한 표정이었고,
말이 없었다. 올리비에는 외숙모를 쏙 빼닮아 웃는 일이
없었는데, 물수제비를 한 번, 두 번 성공시키면서는 간지
럼을 타듯이 웃어 댔다. 올리비에와는 달리 프랑수아즈는
누구에게나 잘 웃었고, 주근깨가 콧잔등에 엷게 깔려 있어
웃을 때면 생기는 애교 주름이 귀여웠다. 한번은 파라솔
안에서 낮잠을 자고 나서 울음을 크게 터트린 적이 있었
다. 그때 왜 울었는지, 이유는 알 수 없었다. 울음을 그친
뒤 딸꾹질을 하던 기억, 그런 기억이 생각났다. 프랑수와

즈는 외숙모도 외삼촌도 아닌 장의 친부를 닮았다고들 했다. 그래서 프랑수아즈와 함께 다니면 남매 소리를 들었다. 안느 외숙모는 몇 년 안 되어 외삼촌과 이혼하고 영국으로 떠났다. 프랑수아즈는 호주에서, 올리비에는 캐나다에서 살고 있어서 못 본 지 10년이 넘었다.

"브라보!"

어느 결에 미나가 옆으로 다가와 있었다. 그녀는 조약돌을 주우며 장을 바라보고 씨익 웃었다. 그리고 물결을 거슬러 힘껏 던졌다. 돌멩이는 이내 물결에 파묻혔다.

"다시!"

장이 조약돌을 주워 미나에게 건넸다.

미나가 고개를 저었다. 그리고 오른쪽으로 몸을 돌리더니, 걷기 시작했다. 이번에는 장도 미나의 뒤를 따라 걸었다. 파도가 세차게 밀려와서 자갈들 속에 숨을 죽이는 장면이 새삼 역동적이었다.

미나가 발걸음을 늦추더니 장과 보조를 맞추었다. 그리고 이제부터 시를 한 편 낭독할 것이라고 말했다. 장은 아침에 미나의 SNS에서 보았던 「두 번은 없다」라는 시를 떠올렸다.

직감은 적중했다. 장은 습관적으로 잠들 때나, 잠에서 깨어나서 미나의 SNS 타임라인을 확인했다. 어젯밤 페르피냥에서, 잠들기 전에, 미나는 쉼보르스카라는 폴란드 여성 시인의 시를 읽었다. 그리고 SNS에 이 시의 일부를 소개했다.

시는 한 번 읽어 내렸을 뿐인데, 중독성 강한 노래의 후렴구처럼 뇌리에 박혔다. 미나는 중간에 멈추는 일 없이 파도 소리를 배경음 삼아 낭독했다. 마지막 연을 낭독했을 때, 포구 끝에 이르렀다.

장은 미나가 낭독하는 것을 소리 내지 않고 서툰 한국어로 따라 읊조렸다. 미나는 장이 마지막 연을 마무리하기를 기다리는 듯이 귀를 기울이고 서 있었다.

너는 사라진다. 그러니 너는 아름답다.

⋀⋀⋀

장은 새의 부리처럼 바다로 툭 튀어나온 맞은편 언덕을

바라보았다. 비스듬히 돌아내리는 길과 포도밭과 숲과 숲 곳곳에 자리 잡고 있는 빨간 지붕의 집들. 프랑스에서 국경을 넘어올 때 언덕 위에 세워져 있던 탈출자들의 행렬 장면이 장의 눈앞에 환영처럼 어른거렸다. 1939년 2월 프랑코 정권의 압제를 견디다 못해 프랑스 쪽으로 넘어오던 수많은 사람들이 이 언덕에서 목숨을 잃었다. 녹슨 철제 기둥들을 설치해 탈출 장면들을 흑백사진으로 새겨 놓고 있었다. 그들이 이 언덕을 통과하면 프랑스였다. 언덕 정상에 울퉁불퉁한 통석을 깎아 만든 기념석이 세워져 있었다. 장은 기념물들 사이를 들고 나는 미나에게 주차장으로 가자는 손짓을 하며 걸어갔다. 뒤따라와야 할 미나는 언덕을 가르는 국경의 차도를 건너 언덕 꼭대기까지 순식간에 기어 올라가고 있었다. 거친 바위 자갈투성이에다가 가파른 언덕이어서 장은 말리고 싶었으나 미나의 움직임이 재빨랐다. 미나가 위험을 무릅쓰고 언덕 꼭대기에 올라가서 내려다본 것은 어제도 오늘도 마주했던 바다, 그리고 지금 서 있는 포르부와 같은 또 다른 포구들이었다. 미나는 한동안 바다를 향해 고개를 숙인 채 움직이지 않았다. 스마트폰에 메모를 하는 것 같았다.

장은 오늘이 마지막 여정이라는 것을 떠올렸다.

〰〰〰

호텔 드 프랑시아는 5층 건물로 밝은 페인트칠이 되어 있었고, 이제는 호텔이 아니었다. 입구 벽에는 발터 벤야민이 이 건물 꼭대기 층에서 생을 마감했다는 내용의 현판이 부착되어 있었다. 미나는 현판과 5층 외관을 사진에 담았다. 비슷한 모양과 분위기의 건물들이 눈에 띄었다. 사람이 살고 있는 아파트인지, 폐건물인지, 적적했고, 인적이 느껴지지 않았다. 호텔 드 프랑시아의 현판에는 벤야민이 마지막 순간에 자신의 입장을 전하고자 편지지에 흘려 쓴 절박한 문구를 새겨 놓아야 하지 않았을까. 건축 디자이너로서 장은 골목을 내려오면서 미나가 새벽에 SNS에 올린 문구를 환기하고 있었다.

탈출구가 없는 상황에서 선택할 수 있는 유일한 것.

아무도 모르는 국경의 작은 마을에서 끝난 인생.

해변으로 내려와 호텔 라 마시아로 들어갔다. 대부분 식당들이 문을 닫고 있었고, 이 호텔 1층 레스토랑만이 손님을 맞고 있었다. 주인은 창가 자리로 장과 미나를 안내했다. 그다지 춥지 않았으나, 바닷바람을 맞으며 언덕을 오르내린 탓에 뜨거운 것이 필요했다.

장은 와인을 먼저 주문하면서 무엇이든 뜨거운 요리를 만들어 달라고 했다. 주문을 받은 주인 남자는 혈색 좋은 노인으로 체구가 육중했다. 그는 한 손에 와인 잔 두 개를, 다른 한 손에 와인을 들고 와서는 테이블 위에 놓았다. 미나가 호텔 드 프랑시아에 대해 아니냐고 물었다. 목소리가 작았는지 그는 한 번에 알아듣지 못했다. 장이 스페인어로 다시 물었다. 그러자 이런 질문에 이골이 난 듯 잔마다 와인을 따르며 한숨을 쉬었다.

장은 우선 와인으로 미나와 한 모금 목을 축였다. 조금 뒤, 주인 남자와는 딴판으로 키가 작달막한 주인 여자가 갓 튀긴 빙어와 파에야를 연달아 내왔다. 장은 레몬을 뿌려 미나에게 먼저 권했다. 여주인은 옆에 서서 김이 모락모락 피어오르는 파에야를 먹기 좋게 접시에 덜어 주었다. 미나는 마치 취재 온 사람처럼 레스토랑의 모습이며 분위기, 남녀 주인의 생김새와 표정, 행동거지 하나하나를 눈여겨보았다. 그리고 평소와는 달리, 적극적으로 이들에게 말을 붙였다. 여주인은 파에야 냄비 바닥이 다 드러나도록 미나 옆에서 덜어 주며 질문에 응했다. 남자 주인도 카운터에서 대답을 거들다가 흑백사진을 몇 장 가져와 보여 주었다. 날짜를 보니 1945년부터 1950년 사이에 찍은 사진이었다. 마을 사진사가 찍은 돌 무렵의 사내 아기와 나비 리본에 구두를 신고 정장을 한 대여섯 살의 사내아이 모습이 담겨 있었다. 남자 주인은 그게 바로 자신이라고 말하면서, 다른 한 장을 내놓았다. 오르막 골목을 달려가는 소년의 뒷모습이었다. 남자 주인이 소년이 달리는 방향을 따라 손가락을 짚어 가다가 멈추었다.

호텔 드 프랑시아.

지워질 듯 희미하게 이름이 박혀 있었다.

호텔 드 프랑시아는 언제 문을 닫았는지 남자 주인도 정확하게 알지 못했다. 스무 살부터 포르부를 떠났다가 쉰 살이 넘어 돌아와 아버지로부터 이 호텔을 물려받아 운영 중이라고 했다. 발터 벤야민이 누구도 모르게 혼자 비극적으로 생을 마감한 호텔 드 프랑시아란 곧 호텔 프랑스, 또는 프랑스 호텔이었다. 여기에는 프랑스인이 세운 호텔이라든지, 프랑스인이 주로 머무는 호텔이라든지, 프랑스를 지향하는 손님들이 찾는 호텔이라는 의미가 담겨 있을 것이었다. 벤야민이 사선을 넘어 프랑스 국경을 넘었지만 그의 생이 멈춘 곳은 다시 프랑스, 프랑스 호텔이었다.

장은 미나를 통해 벤야민을 둘러싼 탈주의 불안과 긴장과 비극의 격정에 감염되어 갔다. 손님이 두 팀 들어왔고, 한 팀은 창가에, 다른 한 팀은 안쪽 소나무 기둥 옆에 떨어져 앉았다. 그들에게 눈길을 주느라 소나무 기둥을 제대로 보았다. 소나무는 지붕을 뚫고 서 있었다. 수령이 몇 백 년이 넘는 고목이었다. 미나는 서울에도 소나무를 품고 있는 한옥 식당이 있다고 했다. 향나무 세 그루라는 식당인데, 청국장집이라고 했다. 청국장은 말로 설명해서는 알 수 없는 맛이라고 미나가 덧붙였다. 말이 나온 김에 장은 미나에게 서울에 갈 것이라고 말했다. 그리고 부산에 갈 계획도 알렸다. 미나는 놀라지 않았고, 언제냐고도 묻지 않았다. 장은 미나에게 미나가 생각하는 것보다 한국에 대해 많이 알고 있다고 웃으며 말했다. 그러자 미나는 다행이라고 대답했다.

적극적으로 초대하지는 않았지만, 다행이라는 말이 희망이라는 말처럼 듣기 좋았다. 미나는 장이 한국에 오면 좋을 것 같다고 말했고, 장은 미나의 비어 있는 와인 잔에 와인을 채워 주었다. 그리고 나란히 창밖을 바라보았다.

산책로에는 두 남자가 두 손을 주머니에 찔러 넣고 바다를 향해 서 있었다. 뒷모습이었지만 자못 비장하게 보였다. 새로 온 손님들은 모두, 나이가 지긋한 6, 70대 부부로 보였다.

미나 등 뒤, 창가에 앉은 부부는 프랑스에서 국경 넘어 파에야를 먹으러 왔다고 했고, 단골이라고 했다. 장이 그러면 페르피냥에서 왔냐고 물었고, 그들은 그 근처 바뉼이라는 마을에서 왔다고 했다. 미나는 바뉼 와인을 안다고 했고, 그들은 미소를 지으며, 지금 마시고 있는 와인이 바로 자신의 와이너리에서 온 것이라고 말했다. 그러고는 미나에게 어디에서 왔냐고 했고, 미나는 서울에서 왔다고 대답했다. 그러자 남자가 서울에 가 봤다고 했고, 남산 타워에도 올라가 봤다고 했다. 미나는 자신은 서울에 살지만,

남산 타워에는 올라가 보지 못했다고 했고, 장은 자신도
파리에 살지만 에펠탑에 올라가는 일은 없다고 거들었다.
그러자 이번에는 여자가 미나에게 여기까지 어떻게 왔냐
고 물었고, 미나는 옛날에 이곳에 왔던 사람을 찾아왔다고
대답했다. 부부는 그 사람이 누구인지 안다는 듯이 창밖으
로 건너다보이는 포구의 오른쪽 기슭으로 눈길을 던졌다.

미나는 후식을 마친 뒤, 여주인에게 호텔을 둘러보고
싶다고 말했다. 여주인은 방이 필요하냐고 물었고, 미나는
그러고 싶지만 아쉽게도 오늘 파리로 가야 한다고 솔직하
게 대답했다. 그러면 왜 보고 싶냐고 여주인이 다시 물었
고, 미나는 이곳이 조용해서 마음에 들었고, 가능하다면
꼭대기 방이면 좋겠다고, 그 방의 분위기를 느껴 보고 싶
다고 말했다. 그러자 카운터에 몸을 기대고 서 있던 남주
인이 열쇠를 가지고 와서 테이블 위에 놓고는 고갯짓으로
올라가 보라고 했다.

미나는 자리에서 일어나 식당 안쪽으로 난 계단으로 걸
어갔다.

사라짐에 대하여

장이 2층으로 계단을 밟고 올라가니 미나가 테라스 의자에 앉아 있었다. 소나무 우듬지가 드넓게 머리 위에 펼쳐져 있었다. 먼 바다와 경계를 이루며 두 개의 기슭이 양쪽에서 에워싸고 있어서 포구는 호수처럼 보였다. 장이 미나 앞에 있는 둥근 테이블을 옆으로 밀고, 미나와 같은 방향으로 의자를 나란히 놓고 앉으며 말했다.

"숨어 있기 좋은 곳이네요."

미나가 기슭과 해안, 포구와 바다의 형세를 완상하며 혼잣말하듯 말했다.

"사라지기에도 좋은 곳이네요."

어떤 인간은 가족에게서, 연인에게서, 익숙한 것에서,

세상에서 불현듯 사라지곤 한다. 장은 그런 인간의 역사, 또는 사소한 이야기를 알고 있었다. 전쟁이, 참사가, 암癌이, 또는 사랑이, 아니 권태가 그들을 데리고 갔다. 벤야민처럼, 생부처럼,

장은 자리에서 일어서며 고백하듯 말했다.

"부산에 함께 가 줄래요?"

∿∿∿

기슭은 암벽으로 이루어져 있었고, 올리브 한 그루가 왼쪽으로 기우뚱하게 기운 채 서 있었다. 나무 주위로 잔꽃들이 해풍에 흔들리고 있었다. 장은 통로 끝에 서 있는 미나를 바라보았다. 서른세 개의 녹슨 강철판 계단을 밟고 통로를 따라 내려가면, 절벽에 다다랐고, 그 끝은 포효하듯 파도치는 바다였다.

미나는 거기, 통로 끝에서 움직이지 않았다.

기슭에서 내려다보는 바다는 서늘할 정도로 짙푸르렀다. 통로 끝에서 자칫 바다로 곧바로 떨어져 내릴 듯 시야 가득 푸른 물결이 들어왔지만, 끝은 유리 막으로 가로막혀

있었다. 통로이되, 더는 앞으로 나아갈 수 없는 막다른 절벽이었다.

장은 '파사주(통로)'라는 이 조형물에 대해 뉴스로 접했던 것을 기억해 냈다. 이스라엘의 환경 조각가이자 건축가 대니 카라반이 벤야민의 평생 화두인 '통로'와 나치에 쫓겨 생을 건 탈출구를 찾다가 비극적인 최후를 맞은 해안 포구의 장소성을 접목시켜 재현한 작품이었다.

통로를 둘러보고 올라온 장은 올리브나무 옆에 서서 미나를 기다렸다. 손끝에는 아직도 미나의 체온이 남아 있는 듯했다. 장은 조가비를 쥐듯 손바닥을 오므렸다. 그리고 조금 전 상황을 감미롭게 반추했다.

기슭을 나란히 걸어 올라갈 때, 돌무더기에 걸려 넘어지려는 미나의 손을 얼떨결에 붙잡았고, 미나는 가쁜 숨을 몰아쉬느라 뺨이 상기된 채 장의 얼굴을 올려다보며 미소를 지었다. 장은 용기를 얻어 그대로 미나의 손을 잡은 채 조금 더 걸었었다.

벤야민의 '통로'에 이르자 미나가 손을 놓았고, 장은 먼저 통로 안으로 발을 들여놓았다.

통로를 내려가다가 뒤를 돌아보니, 미나가 뒤따라 내려

오지 않았고, 모습도 보이지 않았다. 그가 통로에서 올라왔을 때 미나는 아치 아래를 지나 포르부 시립묘지로 들어가고 있었다. 그는 길게 이어지는 묘지 벽을 지나 그녀를 따라갔다.

미나는 바윗돌 앞에 서 있었다. 벤야민의 유해 없는 묘이자 추모석이었다. 언덕을 이루고 있는 암벽의 일부로 굽이 있는 거친 질감의 돌덩이였다. 여섯 그루의 에버그린이 그것을 둘러싸고 있었다. 그 앞에는 검은 대리석 명판이 세워져 있었고, 주위에 꽃과 조약돌, 조가비, 솔방울, 기차 티켓 등이 놓여 있었다. 미나는 독일어와 카탈루냐어로 글귀가 새겨진 명판을 한참동안 들여다보고 있었다. 발터 벤야민을 찾아 여기까지 온 사람이라면 생몰지와 연도, 그리고 그 아래 글자들 몇 단어의 조합만으로도 의미를 파악할 수 있었다.

발터 벤야민

1892, 베를린-1940, 포르부

문명의 역사는 동시에 야만의 역사이다.

∽

장은 미나처럼 쉼보르스카의 시를 외우듯 음송하며 통로
의 입구를 서성였다. 장은 특히, "어제, 누군가 내 곁에서
네 이름을 큰 소리로 불렀을 때, 내겐 마치 열린 창문으로
한 송이 장미꽃이 떨어져 내리는 것 같았다.", 이 부분을
되풀이하여 읊조렸다. 그리고 통로 안으로 고개를 돌렸다.

있어야 할 미나가 없었다.

파란 물결만 유리 가득 보였다.

심장박동 소리가 귀에 들릴 만큼 급격하게 장의 가슴이
뛰기 시작했다. 장은 두 눈에 힘을 주고 바라보았다. 미나
는 유리 막 아래에 한 덩어리 어둠이 되어 웅크리고 앉아
있었다.

장은 서른세 개의 계단을 단숨에 건너지르며 미나에게
달려 내려갔다. 그리고 격렬하게 미나의 두 어깨를 붙잡고
일으켰다.

"괜찮아요?"

미나는 눈을 감고 있었다. 감은 두 눈이 파르르 떨리고 있었다. 무엇인가 참고 있는 듯했다. 몇 년 전 여름, 우연히 처음 만나 열흘 동안 동행했을 때에는 자주 어두워졌으나, 이번에 한 달여 함께 지내는 동안 거의 보이지 않던 표정이었다.

"괜찮아요."

미나는 눈을 뜨지 않은 채 차분히 대답했다.

물결이 여울져 오는 소리, 이어 파도가 절벽에 부딪치는 소리가 도드라지듯 귓속으로 파고들었다.

장은 미나를 가슴에 끌어안고 싶었으나, 주술에 걸리기라도 한 듯 꼼짝하지 않은 채 미나의 얼굴을 내려다보았다. 조금이라도 붙잡은 손에 힘을 주면, 산산이 부서질까봐 장은 조심스러웠다.

통로는 어두웠고, 유리 막 너머는 푸른빛으로 충만했다.

장은 세포 하나하나가 열기에 휩싸여 가슴이 터질 것만 같았다. 장은 키스를 하고 싶어 미칠 지경이었다. 그러나 있는 힘을 다해 버티고 있는 이 순간도 황홀했다.

이대로, 영원히, 시간이 정지해 버려도 좋을 것 같았다.

장은 숨 고르기를 하듯 이성을 찾으려고 안쓰러울 정도

로 애를 썼으나, 키스의 욕망을 멈출 수는 없었다. 그가 고개를 숙이려는 순간, 미나가 그의 가슴에 안기듯 몸을 기대 왔다. 너무 긴장했던지 장은 마음과는 반대로 미나의 어깨를 감싸 안았던 두 손을 놓았다. 그러자 미나가 두 손으로 장의 허리를 붙잡고는, 까만 눈동자로 그의 두 눈을 올려다보았다. 그리고 순정한 목소리로 말했다.

"조금만, 이대로."

7

부산, 돌아 돌아 어딘가

멀리 누군가 희끗 등을 보이고 서 있는 것 같았다. 시선을 고정시킨 채 그쪽으로 걸음을 옮겼다. 생각보다 모래가 깊고, 부드러웠다. 한 발 두 발 내딛는 발자국 소리가 사방에 울렸다. 어둠은 익숙해졌고, 대상은 분명해졌다. 제일 먼저 등이, 손이, 엉덩이가, 발이, 그리고 머리가 눈에 잡혔다.

얼굴은 볼 수 없었다. 두 팔은 툭 치면 금방이라도 날아오르려는 것처럼 나란히 뻗고 있었고, 두 다리는 바다를 향해 성큼 걸어 나가려는 듯 가볍게 모래를 딛고 서 있었다. 뒤에서 보면 인체의 둥근 곡선이 살아 있다가 옆으로 한 걸음 옮겨 보면 종잇장처럼 평면으로 납작해졌다. 고개를 완전히 뒤로 젖힌 채 조각상을 올려다보았다.

손끝을 향해 손을 뻗었다.

나를 만지지 마라.

한 발 뒤로 물러섰다. 그러자 그때까지 들리지 않던 파
도 소리가 귓속으로 파고들었다. 등 뒤에서 낮은 목소리가
속삭이듯 울렸다. 천천히 뒤를 돌아보았다.

"나를 만지려면 제대로 만져라, 떨어져서."

어둠 속에서 모습이 뚜렷해질 때까지 다가오는 그를 바
라보았다. 그는 웃고 있었다.

⌃⌃⌃

장의 예언대로, 나는 「어떤 여름」에 이어 「어떤 겨울」을
쓸 것이었다. 영도에 숙소를 잡고, 부산역과 그 뒤 연결 통
로로 이어지는 부산여객선 터미널, 영도 다리를 오가며 일
주일을 보냈다. 영도는 해군사관 생도였던 장의 아버지가
한국 땅을 처음 밟은 곳이었다. 부산역과 부두 인근은 장
이 파일을 구해 틈날 때마다 열어 보았다던 영화 「학녀」의
무대였다. 부산역 2층 부두 쪽 광장 난간에서 영도 쪽을

바라보며 여객선 터미널로 이어지는 긴 통로를 걷고 있을 때, 윤중의 메시지가 파라-n 단톡방에 도착했다.

- 장 뤽 낭시, 『나를 만지지 마라』

파라-n은 코로나19 팬데믹으로 6개월 동안 중단되었고, 이후 비대면으로 진행되었다. 러시아-우크라이나 전쟁이 발발하자 윤중은 연일 참사 취재까지 겹쳐, 파라-n 참여를 못하고 있었다. 중단했던 파라-n을 다시 시작하면서 그가 제시한 것은 장 뤽 낭시였다. 그는 낭시의 『무위의 공동체』, 『밝힐 수 없는 공동체, 마주한 공동체』, 『나를 만지지 마라』를 대상으로 시의적인 맥락을 놓고 고려한 끝에 『나를 만지지 마라』를 선정했다고 밝혔다. 그는 파라-n에서 지난 3개월에 걸쳐 마사 누스바움의 『감정의 격동』을 읽어 온 바에 따라, 그리고 뉴스 미디어 종사자인 자신에게 더 직접적으로 연결되는 『무위의 공동체』와 『밝힐 수 없는 공동체, 마주한 공동체』 중 하나를 선택할 생각이었다. 고민의 와중에 코로나19 엔데믹 소식이 뉴스에 전면 등장하면서, 팬데믹 시기 치명적으로 위협받았던 몸과 접촉에 대한 사유인데다가 하룻밤 동안 독파할 수 있는 분량이라는 점에서 『나를 만지지 마라』를 최종 선택했다고 덧붙였다.

윤중은 파라-n에 공지를 올린 뒤, 개인 메시지로 지금 어디에 있냐고 나에게 물었다. 부산 다대포 해변에 있다고 하자, 놀랍게도 지금 자신도 부산에 와 있다고 했다. 최근에 베트남 난민사를 들여다보고 있다고 말했던 것이 떠올랐다. 첫 기사를 부산 현장 취재로 준비하는 모양이었다. 그는 최초의 베트남 난민소가 있던 해운대에 있었고, 나는 다대포 몰운대에 있었다.

윤중은 부산 동쪽에, 나는 부산 서쪽 끝에 있었다. 그도 나도 부산에 있기는 했지만, 약속을 잡기에는 거리가 있었다. 파라-n 묵독회에서 만나면 될 것이었다. 윤중은 나와 생각이 달랐다. 부산역 앞 초량동에서 저녁을 간단히 먹고 서울로 올라갈 예정이었던 나는 윤중의 제안에 따라 기차표를 반환했다. 그는 자동차로 움직이고 있으니, 내가 있는 곳으로 오겠다고, 거기 그대로 있으라고 했다.

"바로 이거군요."

내가 어두운 허공을 올려다보며, 정확히는 높이 8미터의 거대한 인간 조형물의 얼굴을 보기 위해 오른쪽으로 걸음을 떼자, 같은 동작으로 윤중이 왼쪽으로 걸음을 뗐다. 내가 읊조리듯 말했다.

"그림자의 그림자."

어디가 정면인지 돌아도 돌아도 알 수 없었다. 정면은 사방에 있었다. 서로 엇갈린 방향으로 마주하기도 하면서 천천히 한 바퀴 돌았다.

"괜찮네요."

윤중이 걸음을 멈추고 사방을 둘러본 뒤 나를 향해 말했다.

"이런 순간."

어둠의 밀어처럼 그의 말과 소리가 귓속으로 흡수되는 듯했다. 그의 얼굴에 희미하게 미소가 남아 있었다.

"이렇게 될 줄 알았어요."

윤은 마치 자신이 짜 놓은 시나리오대로 삶이 흘러가듯

이 거침이 없었다. 그런 그의 태도와 모습에 이끌려 여기까지 온 것인지도 몰랐다.

"이렇게, 어떻게?"

"이렇게, 마주."

"마주!"

〰

어둠은 깊고 부드러웠다.

윤과 밤의 모래 해변을 걸으면서 장을 생각하고 있었다. 장과 파리에서, 부르고뉴에서, 산레모에서, 마르세이유에서, 페르피냥에서, 포르부에서 불쑥불쑥 카톡으로 존재감을 드러내던 윤중과 함께했던 것처럼, 이번에는 윤중과 움직이면서도 머릿속은 온통 장에 대한 생각뿐이었다. 세월의 격차가 느껴지지 않을 만큼 생생했다. 이런 상황은 낯설지 않았다. 어느 순간 둘이되 셋이 되는 것이었다. 그렇다고 누구에게도 감정이 치우치지 않았고, 누구의 연락도 차단하지 않았다. 서로가 서로의 존재를 알지 못하고 있을 뿐이었다. 이들 중 한 사람이 나를 완강하게 끌어당

겼다면 나는 그쪽으로 쏠려 갔을까.

장의 입에서 '부산'이라는 말이, 부산이라는 항구가, 부산이라는 지명이 나오리라고는 꿈에도 생각하지 못했었다. 눈을 감고 들으면, 한국인인지 아닌지 분간하지 못할 정도로 그는 '부산'을 자연스럽게 말했었다.

부산에 함께 가 줄래요?

코로나19 엔데믹으로 이동도 만남도 자유로워졌지만, 장은 소식이 없었다. 나는 그를 기다렸다. 그는 약속을 세 번 어겼다. 약속이라고 부를 것도 없이, 모두 그가 잡은 계획, 일방적인 희망들이었다. 희망이란 불가능과 가능 사이의 안개, 구름 같은 것이었다. 차라리 불가능에 가까웠다.

부산에는 왜 간다는 것인지, 부산과는 무슨 관계인지, 부산에는 무엇이, 아니 누가 있는지, 나는 알지 못했다. 그는 궁금하면 말해 주겠다고 했다. 나는 궁금하기도 했고, 그렇지 않기도 했다. 그는 부산에 가서 말해 주겠다고 했다. 나는 그래도 되고, 언제든 말하고 싶을 때 말해도 된다고 말했다. 그는 서울도 아니고, 광주도 아닌, 부산에 가야 한다고 했다. 나는 그에게 부산에 대해 해 줄 말이 없었다.

나는 부산을 잘 알지 못했다.

그래도 나는 기다리기 시작했다. 내일을 기다리고, 어느 날을 생각했다. 기다림이나 조바심은 강지섭 이후 사라진 감정이었다. 잠에서 깨어난 아침에, 또는 잠들기 전까지 밤에, 누군가를 기다리고 있다는 사실이 첨예하게 느껴졌다. 내가 기다린 것이 장이라고 온전히 말할 수는 없었다.

밤의 진실

    기욤의 연락을 받은 것은 한 달 전이었다. 장에게 기욤에 대해 몇 번 들은 적은 있었으나, 만난 적이 없었기 때문에 서로 연락처를 알지 못했다. 장이 세상을 떠난 지 1년이 되었습니다, 라는 메시지를 그는 내게 세 번 보냈는데, 나는 세 번 다 반응하지 않았다. SNS 메시지 기능을 확인하지 않은 이유가 결정적이었지만, 장이 죽는다는 것을 상상해 본 적이 없기 때문에, 그 문구를 보았어도 나와는 무관한, 매일 쌓이고 쌓이는 스팸들로 가볍게 넘겼을 것이었다. 기욤은 메시지를 확인하지 않자, 내가 올린 피드에 댓글 형식으로 자신을 소개했고, 부디 메시지를 확인해 줄 것을 정중히 요청했다. 메시지에는 장이 세상을 떠났고,

일주일 전 그의 1주기 기일을 부르고뉴의 소성당에서 지냈다고 알렸다.

장이 죽었다. 1년 전에.

나는 감각이 마비되듯 아무것도 느낄 수 없었다. 아무 생각도 할 수 없었다. 소성당의 촛불과 흰 국화 꽃다발 그리고 웃고 있는 그의 얼굴. 나는 사진에서 눈을 떼지 못했다. 그것은 내가 찍은 것이었다. 바로, 그곳에서. 그는 그곳을 좋아한다고 했고, 나와 함께 사진을 찍어도 되겠냐고 물었었다. 나는 부정도 긍정도 하지 않은 채, 그의 스마트폰으로 그를 몇 컷 찍어 주었다. 그리고 나란히 서서 셀카로 담았는데, 장은 상기된 얼굴로 웃고 있었고, 나는 희미한 미소를 눈가와 입가에 매달고 있었다. 그것이 내가 가지고 있는 그의 유일한 모습이었다.

코로나19 팬데믹은 말도 안 되는 부조리 그 자체였다. 멀쩡하게 살아가던 건강한 사람이 죽음에 이르는 과정이 송두리째 압축되었고, 일거에 생략되는 경우도 드물지 않았다. 누구라고 할 것 없이 죽음이 불시에 선고되었고, 동시에 이 세상에서 소거되었다. 장이 죽었다. 1년 전에. 나는 1년 동안 그를 기다렸다. 없는 그를 기다렸다. 나는 장의 죽음이 원인인지, 이 세상에서 없어진 장을 기다린 것이 원인인지, 숨이 막히는 듯한 가슴 통증을 느꼈다. 나는 눈물을 흘리지 않았다. 그의 죽음을 애도할 수도 없었다. 고통을 누르고 있을 뿐.

기욤은 혹시, 모르고 있을 수도 있어서 첨부한다는 덧붙임과 함께 장 메이에의 SNS 캡처본을 보내왔다.

진@jeanmeyer 나는 다른 사람이다 redisigne_architectuer. Paris, France

나였던 그 남자는 이제 없다. 나는 다른 사람이다.

— 마르셀 프루스트, 잃어버린 시간을 찾아서

기욤이 보내온 내용은 전혀 예상하지 못했던 두 가지 사실을 담고 있었다. 장이 문학을, 그것도 프루스트를 읽어 온 것과 그가 자신을 한국명 '진'으로 알리고 있는 것. 그의 이름 장은 한국어 발음으로 진이라고 알려 준 것은 나였다. 그가 질문했고, 내가 대답한 것이었다. 그가 자신을 소개한 문구는 그가 살고 있는 현실, 그가 닿고자 하는 존재에 대한 다짐이었다. '나'를 '장'으로 대체하면, 장은 다른 사람, 장이었던 '그 남자는 이제 없'었다. 사실로 읽어야 하는데 허구처럼 느껴졌다. 아니, 허구일지도 모르는데 진실로 받아들여졌다. 어디까지가 그일까.

장은 개인 SNS 계정이 없었다. 만들지 않은 것으로 알고 있었다. 그의 소식은 회사 계정을 통해서 접하곤 했다. 주로 작업에 대한 것이었고, 한두 달에 한 번 게시되곤 했다. 그마저 지난 2년 동안 올라온 것이 없었다. 내가 한국으로 돌아온 한 달 후, 코로나19 팬데믹 봉쇄가 시작되었다. 그 즈음 그는 이탈리아 남부로 업무 출장을 다녀왔고, 한국에 오려는 계획을 구체적으로 잡았고, 나에게 부산까지 동행해 줄 것을 제안했다. 오겠다는 마음을 정면으로 밀어내기라도 하듯, 어디로도 오도 가도 못하는 세상이 되었고, 그 기간은 기약 없이 길어졌다.

기욤이 보내 준 것은 내가 알지 못했던 장의 비공개 SNS였다. 그의 프로필과 게시물을 주욱 훑어보다가, 눈을 의심했다. 그가 계정을 연 처음부터 중단된 마지막까지 내가 SNS에 올렸던 문장들로 채워져 있었다.

파리에서 깨어나다. 이른 아침에 새소리를 들었다. 밤에 비가 잠시 뿌렸고, 창에 작은 물방울이 서렸다. 창가에는 사이프러스 나무인지 향나무인지 두 그루가 가늘고 높게 서 있다.

거리에서 집으로 들어가려면 파란 철문을 밀고 들어가 뜰을 지나가야 한다. 산사나무와 덩굴장미가 뜰을 에워싸고 있다. 뜰에 깔린 파란 잔디가 촉촉하게 물기를 머금고 있다. 집은 작지만 벽에 가로로 긴 통유리 창을 만들어 볕이 잘 든다.

타지 또는 타국에서 이방인으로 산다는 것은 살아온 규모와 방식을 지극히 단순화시킨다는 것을 뜻한다. 마치 꼭 붙는 의복처럼 불필요한 공간을 거느리지 않는다. 매사에 절제하고, 긴장한다.

파시에서 저녁 식사 후, 비탈길을 내려와 센 강가까지 걸었다. 갑자기 빛으로 휘감긴 에펠탑이 눈앞에 나타나 놀랐다. 날렵한 몸매의 거대한 광채에 압도당했다. 갈 길을 잊은 채, 넋을 놓고 올려다보았다. 눈물이 쏟아질 것 같았다.

사랑은 잃어버린 것과 연관된다.

끝날 것 같지 않는 통로를 빠져나오면서 꿈에서 깼다. 뒤돌아보기
두려운 칠흑 같은 어둠이었다. 꿈에 그를 본 것 같았다. 그라는 느낌일
뿐 그가 누구인지 알 수 없었다.

모든 상실은 사랑을 입증한다.

〰〰

「어떤 겨울」은 영도에서 시작되어 송도를 거쳐 다대포
에 이르렀다. 나는 다시 부산에 내려와 이번에는 다대포
쪽에 한 달 간 거처를 잡았다. 진이라는 사내아이를 낳았
던 여자의 행방이 내 앞에 놓여 있었다. 찾고, 정리하고,
상상하고, 쓰는 사람은 나였는데, 마치 장과의 협업처럼
매 순간 그가 개입했다. 그가 꿈꾸던 여정을 내가 대신 이
어 가는 형국이었다.

소설은 예상보다 길게 이어졌다. 소설이 완성되어도,
그는 읽을 수 없다는 사실에 망연자실해졌다. 그날 밤, 물

가에서 처음으로 눈물이 흘렀다. 그때까지 나는 그의 죽음을 곧이곧대로 받아들이지 못하고 있었다. 인정할 방도가 내겐 없었다. 부르고뉴 소성당에 가면 모든 것이 분명해질까. 그는 내가 알고 있는 사람들 가운데 가장 외로운 사람이었다.

〰〰

바닷물이 빠져나간 모래톱 위를 걸었다. 해변을 가득채웠던 사람들은 노을을 따라 시나브로 빠져나갔다. 간간이 검은 창공 위로 비행기가 광선을 그으며 김해 쪽으로 날아갔다. 나는 그림자의 그림자가 아득하게 보일 때까지 바다 쪽으로 깊숙이 걸어 들어갔다.

모래밭을 걸을 때면 모래 속으로 발이 빠져 동작을 크게 하느라 힘이 들었다. 몇 발자국 떼지 않아 숨이 차올랐다. 이렇게 힘주어 내딛은 발자국도 다음 날이면 흔적 없이 사라지고 말 것이었다. 나날이 사라지는 생의 순간들처럼. 그래도 나는 매일 밤 힘주어 모래밭을 걸었다. 장의 SNS 문장을 되풀이해서 읽으며, 그를 이해할 방도가 그것밖에는 없는 듯이. 그러다 어느 순간, 발길을 멈추었다. 앞으로도 뒤로도 움직일 수 없었다. 그 자리에 주저앉았다. 그를 이해하려고 하면 할수록, 그것은 부메랑처럼 나에게 돌아왔다. 그의 SNS 문장은 나로부터 비롯된 것이었고, 그것은 나였다. 나는 내가 다른 사람처럼 느껴졌다.

〰

소설은 끝나지 않았다. 다대포를 떠나기 전날 밤, 몰운대 해변 쪽으로 향했다. 세상이 어떻게 바뀌어도, 밤은 어긋남이 없었고, 진실했다. 조약돌을 손에 쥐고 걸었다. 그해 겨울, 포르부의 이야기가 깃든 조약돌이었다.

〰

발터 벤야민의 유해는 어디에 있는지 아무도 몰랐다. 큼직한 바윗돌 하나가 유해 없는 묘를 대신하고 있을 뿐이었다. 그의 흔적을 찾아 멀고 먼 그곳까지 온 사람들은 꽃 대신 조약돌을 올려놓고 갔다. 나도 돌 하나를 주워 그 위에 얹었다. 장이 내가 얹은 돌 위에 애써서 돌을 하나 얹었다. 무너질 것처럼 위태롭게 보였다. 그렇다고 손을 대면 그 순간을 감당할 수 없을 것 같았다. 마지막 석양빛이 층층이 쌓인 돌무더기 위에 부서졌다. 나는 추모 조형물인 '통로' 쪽으로 발걸음을 옮겼다. 장은 그 앞에서 지켜보다가 뒤따라왔다. 등 뒤에서는 아무 일도 일어나지 않았다. 흡족했는지, 장이 소리 없이 웃는 것이 느껴졌다. 해가 수평선 가까이 가라앉고 있었다. 우리는 외투 깃을 여미며 해변의 묘지에서 내려왔다.

다시 국경을 넘어갈 것이었다. 이번에는 해안 쪽이 아니라 피게레스 쪽으로 올라가 고속도로를 이용해 피레네 국경을 통과할 것이라고 했다. 장이 자동차 시동을 걸어 출발하려다가 멈추고는 외투 안주머니에서 조약돌을 꺼내 내밀었다. 윤중과 간절곶에 다녀오던 새벽이 흡사하게 겹쳐져 묘한 기분이 들었다. 그는 웃으며 어서 받으라고 무언의 재촉을 했다. 온종일 포구 절벽의 사나운 바람 속에 있던 조약돌은 그의 체온이 스며 차갑지 않았다.

귀국 후, 책상 한편에 조약돌을 놓고 가끔씩 손에 쥐어

보곤 했다. 그날 그 순간을 떠올릴 때마다 조약돌의 감촉이 느껴져 마음이 따뜻해졌다. 그는 사라졌지만 조약돌은 남았다.

〰

밤이 깊어 갈수록 잔물결 소리는 뚜렷해졌다. 손에 쥐고 있던 조약돌을 차가운 뺨에 대어 보았다. 온기가 느껴졌다. 어두운 허공을 올려다보았다. 나는 내가 너그러워진 것을 느꼈다. 무슨 말이라도 한마디 건네고 싶어졌다. '잘 가요, 장'이라고 SNS에 썼다가 지웠다. 그리고 다정하게 말했다.

Mina@like_a_novel. Seoul, South Korea.
잘 자요, 진.

〰

조약돌을 검은 물결 속으로 던졌다.

밤이, 출렁, 흔들렸다. 이내 고요해졌다.

어둠이 부드럽게 세상을 감싸고 있었다.

생生, 사라짐 이후에 오는 것들

행간이 많은 삶들을 지켜보며
여기까지 왔다.

사랑이 그렇듯,
이야기에도 저마다의 행간,
생生이 있다.

한 장의 사진에서 한 편의 소설이 탄생하고, 짧은 에세이가 단편소설로, 단편소설이 중편, 나아가 장편소설로 호흡을 이어 가는 경우가 있다.

이 이야기는 단편 「어떤 여름」으로부터 시작되었다. 이
방의 장거리 열차 안에서 우연히 마주 앉았던, 목적지가
달랐으나 긴 구간을 말없이 마주 앉아 달렸던 낯선 두 사
람, 정차할 때마다 타고 내리는 사람들이 바뀌면서 목적지
가 가까워질수록 마음을 졸였던 한 사람이 마주 앉은 사람
을 놓칠 수 없어 동행해도 되겠냐고 제안했던, 마법이 통
한 것처럼 쉽게 제안이 이루어져 서로의 감정을 침범하지
않고 나란히 함께하고 각자의 자리로 돌아갔던 「어떤 여
름」의 미나와 장, 두 사람을 근간으로 갈래를 잡아 나간
소설이다.

단편 「어떤 여름」은 소설집 『저녁 식사가 끝난 뒤』에 묶
였고, 이후 6장까지 쓰다가, 멈추었다. 그 사이 코로나19
팬데믹이 시작되었고, 이어 세계 곳곳에서 전쟁들이 발발
했다.

팬데믹과 전쟁은 삶의 리듬과 감각을, 세상의 이치와
순리를 비정상으로 뒤엎어 버렸다. 정지되고 마비된 듯했
던 팬데믹이 지나고 나서야 겨우 마지막 7장을 썼다. 부끄

럽게도, 이 짧은 이야기가 마무리되기까지 10년 가까이 걸린 셈이다. 어느 시점에, 멈추고 나아가지 못한 것들은 시간 속에 유실되기 마련인데, 이 이야기는 행간마다 고여 있는 숨을 스스로 붙잡고 마지막에 당도했다.

단편소설에는 행간마다
크고 작은 사정과 사연들이
깃들어 있다.

「어떤 여름」의 그는 왜, 살면서 한 번도 하지 않았던 행동, 이국의 낯선 그녀에게 말을 걸게 되었을까. 목적지에서 목적했던 일을 마치고 집으로 돌아가지 않고 그녀가 가는 방향으로 그녀와 함께 가고자 했을까. 그녀는 왜, 살면서 한 번도 하지 않았던 행위, 이국의 낯선 그의 제안을 아무렇지 않게 받아들였을까.

『밤 인사』를 쓰면서, 의미 있게 느낀 것은 이 이야기가 「어떤 여름」의 후속 「어떤 겨울」일 뿐만 아니라 행간에 묻어 두어야 했던 우연과 인연의 맥락들을 들여다보고 필요한 만큼 꺼내고, 버리고, 잇는 과정이었다.

단편에서 경장편으로 이행하는 과정에서 미나의 삶에 변화가 생겼고, 장의 현실이 구체화되었고, 묵독회 파라-n이 고안되었고, 윤중이라는 새로운 인물이 탄생했고, SNS의 속성과 기능을 통해 문학예술 텍스트와 자료들이 자연스럽게 녹아들도록 활용되었다.

장(또는 진)과 미나, 윤중의 이야기는 모두 허구이고, 공간은 오랜 기간 경험하고 탐사한 장소, 지명들이다. 허구의 인물, 이야기라고 하지만 그 안의 사정과 마음의 흐름은 진실을 따르고 있다. 소설의 본령이 그러하듯이.

일상에서처럼, 이 소설에는 나의 이전 소설을 비롯해 국내외 작가의 소설과 그림 텍스트들, 뉴스 매체 자료들이 무늬로 짜여 있다. 주로 소설 속에서의 묵독회 파라-n과 SNS를 통해서 제시되는데, 참고 목록은 다음과 같다. 샤를 보들레르의 『악의 꽃』, 『파리의 우울』(Les Fleurs du Mal, Flamarion, 2019), 마르셀 프루스트의 『잃어버린 시간을 찾아서』(김희영 옮김, 민음사, 2012), 발터 벤야민의 『모스크바 일기』(김남시 옮김, 길, 2015), 『베를린의 어린 시절』(조형준 옮김,

새물결, 2007), 『아케이드 프로젝트』(조형준 옮김, 새물결, 2005),
게르숌 숄렘의 『한 우정의 역사』(최성만 옮김, 한길사, 2002),
제이 파리니의 『벤야민의 마지막 횡단』(전혜림 옮김, 솔, 2010),
티에리 그리예 기사 「발터 벤야민 전시 개막되다」(『앙데팡
당』, 2014. 2. 23), 안톤 체호프의 『사랑에 관하여』(안지영 옮
김, 펭귄클래식코리아, 2010), 폴 발레리의 『해변의 묘지』(Paul
Valery, Le Cimetiere Marin, Folio, 2016), 장 보드리야르의 『사
라짐에 대하여』, 파스칼 키냐르의 『은밀한 생』(송의경 옮김,
문학과지성사, 2001), 쉼보르스카의 「두 번은 없다」(『끝과 시
작』, 최성은 옮김, 2016), 장 뤽 낭시의 『나를 만지지 마라』(이
만형 정과리 옮김, 문학과지성사, 2015), 조아킴 롱생 「내가 샤
를리다」(Je suis Charlie!, 2015년 당시 트위터), 그리고 함정임
의 「어떤 여름」(『저녁 식사가 끝난 뒤』, 문학동네, 2015) 등을 참
고했다. 이 자료들은 원문을 직접 번역 인용하거나, 번역
자를 밝힌 번역본의 일부 문장들을 참고했다. 이 책과 자
료들의 저자와 번역자, 기자와 에디터, 출판사에 고마운
마음을 전한다.

　　행간과 행간 사이에서 머뭇거리던 나를 봄 쪽으로 끌어

당겨 준 김현정 주간, 정성껏 원고를 매만져 준 김은혜 에디터, 표지화를 허락해 준 미국 화가 크리스토퍼 클락 씨와 강희철 북디자이너, 아름다운 책을 만들어 준 열림원에 감사드린다. 그리고 바쁜 중에도 다정한 추천사를 써 준 윤고은 소설가와 한유주 소설가, 책이 되어 나오도록 애정 어린 관심과 독려를 지속적으로 해 준 김태형에게 사랑을 보낸다.

지금, 이 순간, 저마다의 행간을 품은
독자 여러분에게 이 글을 바친다.

2025년 봄이 오는 길목에서
함정임

밤 인사

초판 1쇄 인쇄 2025년 2월 25일
초판 1쇄 발행 2025년 2월 28일

지은이 함정임
펴낸이 정중모
펴낸곳 도서출판 열림원
출판등록 1980년 5월 19일(제406-2000-000204호)
주소 경기도 파주시 회동길 152
전화 031-955-0700
팩스 031-955-0661   페이스북 /yolimwon
홈페이지 www.yolimwon.com   트위터 @yolimwon
이메일 editor@yolimwon.com   인스타그램 @yolimwon

주간 김종숙   기획실 정진우 정재우
책임편집 김은혜   마케팅 홍보 김선규 고다희
편집 정소영 김혜원   디지털콘텐츠 구지영
디자인 강희철   제작 관리 윤준수 고은정 홍수진

ⓒ 함정임, 2025

ISBN 979-11-7040-312-8 03810